LE GANG DES MÉGÈRES INAPPRIVOISÉES OU COMMENT KIDNAPPER UN MARI QUAND ON N'A RIEN POUR PLAIRE

DU MÊME AUTEUR

La Route sanglante du jardinier Blott, Gallimard, Folio, 1986
La Grande Poursuite, Gallimard, Folio, 1988
Le Bâtard récalcitrant, 10/18, 1996
Fumiers et Cie, Belfond, 1997 ; 10/18, 1999
Panique à Porterhouse, Belfond, 1998 ; 10/18, 2000
Quelle famille !, 10/18, 2001
Wilt 3, 10/18, 2005
Wilt 4, Belfond, 2005 ; 10/18, 2006
Wilt 1, 10/18, 2005
Wilt 2, 10/18, 2005
Mêlée ouverte au Zoulouland, 10/18, 2006
Outrage public à la pudeur, 10/18, 2006

TOM SHARPE

LE GANG DES MÉGÈRES INAPPRIVOISÉES OU COMMENT KIDNAPPER UN MARI QUAND ON N'A RIEN POUR PLAIRE

Traduit de l'anglais
par Daphné Bernard

belfond
12, avenue d'Italie
75013 Paris

Titre original :
THE GROPES
publié par Hutchinson, Londres

Ce livre est une œuvre de fiction. Les noms et les personnages sont le fruit de l'imagination de l'auteur et toute ressemblance avec des personnes réelles, vivantes ou mortes, serait pure coïncidence.

Si vous souhaitez recevoir notre catalogue
et être tenu au courant de nos publications,
vous pouvez consulter notre site internet :
www.belfond.fr
ou envoyer vos nom et adresse
aux Éditions Belfond,
12, avenue d'Italie, 75013 Paris.
Et, pour le Canada,
à Interforum Canada Inc.,
1055, bd René-Lévesque-Est,
Bureau 1100,
Montréal, Québec, H2L 4S5.

ISBN 978-2-7144-4610-7

Aux médecins de Catalogne :
Montse Figuerola, Francesc Xavier Planellas,
Pere Sola, Montserra Verdaguer
qui m'ont sauvé la vie en 2006.

1

C'EST UNE DES PARTICULARITÉS LES PLUS SURPRENANTES de la vieille Angleterre : des familles entières vivent dans des maisons construites par leurs ancêtres des siècles auparavant, sur des domaines qui étaient déjà les leurs avant la conquête normande. Les Grope de Grope Hall sont l'une d'entre elles.

Ni riches ni anoblis et n'ayant jamais été jalousés par des voisins plus puissants ou plus influents, les Grope ont gardé un profil bas, cultivant leurs terres qui portent les mêmes noms qu'au XIIe siècle, s'occupant de leurs petites affaires sans s'intéresser le moins du monde à la politique, à la religion ou à quelque sujet susceptible de leur créer des ennuis. La plupart du temps, ce n'était pas de propos délibéré. Cette attitude relevait au contraire d'une bonne dose d'inertie et de la volonté de ne pas être pressurés par une progéniture ambitieuse et énergique.

Les Grope de Grope Hall peuvent être localisés dans le comté du Northumberland. Ils font remonter leurs origines à un Viking danois, un certain Awgard le Pâle, qui, malade comme un chien pendant la traversée de la mer du Nord, abandonna ses compagnons de raid au beau milieu de la mise à sac du couvent d'Elnmouth. Au lieu de violer quelques nonnes, comme c'était la règle, il se jeta aux pieds de la sœur servante, qu'il avait croisée dans le fournil et qui se demandait si elle avait envie ou non de se faire violer. Pas belle pour un sou et ayant déjà été laissée pour compte lors de deux précédents raids vikings, Ursula Grope fut ravie d'être choisie par le bel Awgard ; elle l'emmena loin de l'orgie dégoûtante qui se déroulait dans le couvent et le conduisit dans la vallée solitaire de Mosedale, à la cabane en tourbe dans laquelle elle était née. Le retour de sa fille, dont il espérait être débarrassé à jamais – et en compagnie de l'immense Awgard le Pâle –, terrifia si fort son simple porcher de père qu'il n'attendit pas de vérifier les intentions réelles du Viking et prit ses jambes à son cou. La dernière fois qu'on l'aperçut, il vendait des marrons chauds près de York. Forte d'avoir épargné à Awgard les horreurs d'une traversée de retour, Ursula insista pour qu'il sauve son honneur de religieuse inviolée et fasse son devoir. C'est, dit-on, l'origine de la maison Grope.

Awgard changea son nom en Grope. Les quelques habitants de Mosedale furent tellement terrorisés par sa taille et ses accès de mélancolie qu'Ursula, désormais Mme Grope, eut l'occasion de mettre la main sur des milliers d'hectares de landes désertées. Avant de fonder la dynastie des Grope.

Au cours des siècles, la légende familiale et le sombre secret de son origine incitèrent les générations suivantes à rester entre soi. Elles n'eurent pas à se forcer. Le triste caractère d'Awgard et sa hantise des voyages marquèrent les gènes des Grope.

Mais c'est surtout l'influence des dames de la lignée qui l'emporta : d'avoir été rejetée deux fois par les Vikings, qui, en général, ne faisaient pas la fine bouche quand il s'agissait des candidates au viol, laissa une blessure psychologique chez la Mère Fondatrice. Après s'être attaché Awgard, elle se résolut à ne plus le lâcher. Et à conserver les milliers d'hectares que l'aspect sinistre et la dangereuse réputation de son mari lui avaient permis d'acquérir. Que le Viking fût un déserteur et un phobique de la mer lui facilita la tâche. Awgard passait tout son temps à la maison, refusant d'aller au marché de Brithbury ou d'assister à la foire annuelle au verrat ou aux combats de lutte dans la boue de Wellwark Fell. Ce furent sa femme et leurs cinq filles qui marchandèrent et se livrèrent aux activités douteuses de la foire. Et comme ces demoiselles prirent de leur père taille et force et héritèrent de sa chevelure rousse – atouts auxquels il faut ajouter le physique peu engageant et l'opiniâtreté de leur mère –, le résultat des combats dans la boue ne laissait pas la place au doute. Là, et dans tous les domaines qui impliquaient les femmes Grope, ce furent elles qui l'emportèrent. D'ailleurs, alors que dans toutes les autres familles, le fils aîné recevait les propriétés, chez les Grope, ce fut le contraire : les hectares des Grope échurent à la fille aînée.

Cela devint une tradition si fermement implantée qu'on murmurait un peu partout que si un garçon était l'aîné (ce qui se révélait fort rare), on l'étranglait dès sa naissance. Vrai ou pas, il est certain qu'au cours des ans, les Grope produisirent une quantité inhabituelle de filles. Ce nombre s'explique moins par les infanticides masculins que par la virilité prononcée des demoiselles Grope et par le côté plutôt efféminé des hommes qu'elles choisirent d'épouser.

Suivant la tradition instaurée par la Mère Fondatrice, les futurs mariés étaient obligés de prendre le nom de Grope. La plupart du temps, il s'agissait de mariages forcés. Aucun homme normal, même en état d'ivresse, n'aurait demandé la main d'une Grope de gaieté de cœur, et ce fut sans doute l'insistance des demoiselles Grope à défier les célibataires locaux dans les fameux combats dans la boue qui ôta son charme à cette attraction et la fit péricliter. Même les lutteurs les plus valeureux hésitaient avant de relever le défi. Trop de jeunes gens sortirent de cette épreuve à moitié étouffés et incapables de nier que pendant la compétition ils avaient demandé la main de leurs adversaires. De plus, les filles Grope étaient trop solidaires pour admettre le moindre refus. C'est affreux à dire mais une fois, un fiancé eut l'audace de déclarer, après s'être nettoyé la bouche, qu'il préférait mourir que d'être conduit à l'autel et de devenir M. Grope. Aussitôt, on le traîna dans la mare de boue et on l'y maintint jusqu'à ce que son vœu fût exaucé.

Ce n'est pas tout. Les Grope mâles qui survécurent à leur naissance se virent imposer une carrière. Ceux qui savaient lire rejoignaient l'Église, et les illettrés (la majorité n'avaient même pas l'occasion d'apprendre) étaient envoyés en mer et disparaissaient à jamais. Il eût fallu être fou pour retourner à Grope Hall et suivre les pas d'un géniteur qui gardait les moutons, travaillait à la cuisine et n'avait le droit de parler que lorsque belle-mère ou épouse lui adressait la parole.

Impossible de s'évader. Au début de la saga familiale, un ou deux maris réussirent à atteindre le mur de pierres sèches qui délimitait la propriété et, même une fois, à le franchir. Mais la nature désolée des environs, additionnée à la fatigue de satisfaire l'appétit vorace de leur femme au lit, les empêcha de poursuivre leur chemin. Ils furent ramenés au Hall par d'adorables limiers, spécialement dressés pour traquer les maris baladeurs, et après de sévères remontrances on les envoya se coucher le ventre vide.

Quand les mœurs s'adoucirent, les Grope femelles continuèrent à dominer leurs hommes et veillèrent à ce que l'existence du domaine passe inaperçue. Bien sûr, le Hall ne demeura pas à l'état de la cabane en tourbe où, à l'origine, Ursula avait entraîné Awgard le Pâle. On ne pouvait s'attendre que des générations de femmes de tête flanquées de maris efféminés leur parlant tapisseries de soie, plafonds à stucs et fauteuils vénitiens verts et leur vantant l'intimité et le confort des toilettes à l'étage par rapport au chalet d'aisances au fond du jardin, conservent le Hall sous son aspect original. Pourtant, les améliorations se firent à un rythme lent et parcimonieux. On ne gâcha rien et rien d'ostentatoire ne fut ajouté, du moins à l'extérieur, qui aurait pu attirer l'attention. Même la tourbe de la cabane fut réutilisée pour jointoyer les planchers des chambres et les plafonds du rez-de-chaussée afin d'étouffer le bruit des ébats conjugaux.

Au XIXe siècle, Grope Hall avait l'aspect d'une grande ferme relativement confortable du Northumberland. Ses murs épais de pierres grises, ses petites fenêtres ne trahissaient pas les étranges traditions qui avaient été en usage lors de sa construction et qui persistaient dans la mentalité des Grope. Il est vrai qu'il était impossible de trouver un homme du pays prêt à se frotter à une demoiselle Grope. En effet, si les luttes dans la boue avaient cessé depuis des siècles, le souvenir de leurs effroyables conséquences hantait toujours le voisinage. Ce qui avait contribué à la prospérité des Grope. Il suffisait qu'une demoiselle de la famille se montre au marché de Brithbury pour que les vendeurs encore célibataires s'enfuient, que le prix du bétail chute si elle achetait ou grimpe si elle vendait.

Vers 1830, il leur était si difficile de dénicher un mari dans le comté que seule l'invention du chemin de fer épargna à la famille l'humiliation de recruter des pères à l'asile de fous du coin et évita ainsi les effets délétères sur les générations futures. Non qu'épouser un dément fût un obstacle insurmontable. Par le passé, plusieurs maris se montrèrent si stériles ou si impuissants que des mesures extrêmes furent prises : kidnapper des étrangers égarés ou payer des saillies à des voyageurs de commerce imprévoyants et à la tête d'une famille nombreuse. Plus d'un voyageur traversant Mosedale avait été sauvagement agressé par une Mme Grope déguisée en homme et contraint de commettre un acte qu'il pouvait considérer comme contre nature, avant d'être abruti de gin et d'opium, puis abandonné inconscient dans un fossé à des kilomètres de Grope Hall.

L'arrivée du chemin de fer changea tout. Il devint possible de se rendre à Manchester ou à Liverpool et d'en revenir avec un fiancé, sauf que le malheureux ne se savait pas condamné à être marié avant d'être confronté au révérend Grope et obligé de dire « oui » dans la petite chapelle derrière Grope Hall. Le fait que plusieurs jeunes mariés aient déjà été à la tête d'une épouse et d'une famille n'entrait pas en ligne de compte. Au contraire, c'était la preuve de leur fertilité et ils n'en étaient que plus séduisants. Et cela leur donnait une excuse parfaite pour changer de nom. Enfin, savoir qu'ils encouraient de longues peines de prison pour bigamie les attachait à Grope Hall d'une façon définitive.

Néanmoins, la venue d'un premier-né de sexe masculin quand on espérait une fille ou, pire, une Mme Grope qui n'accouchait que de garçons constituaient des problèmes. La loi d'enregistrement des naissances et des décès de 1835 rendit caduque la bonne vieille solution de l'étranglement ou de l'étouffement des bébés mâles. Précisons que la famille n'a jamais avoué utiliser un tel procédé.

La pénurie d'héritières fut un cruel problème pour Mme Rossetti Grope, qui semblait incapable de produire des filles.

— J'suis pas responsable, pleurnicha-t-elle à la naissance de son septième fils. C'est la faute à Arthur.

Cette excuse, qui serait validée par la science un peu plus tard, ne satisfit en rien ses sœurs. Beatrice était furieuse :

— Et d'abord, t'aurais pas dû choisir cette brute. N'importe quelle idiote peut voir que c'est un libertin bien trop viril. On ne connaît donc personne qui n'ait engendré que des filles ?

— Y a bien Bert Trubshot, de Gingham Coalville. Mme Trubshot a eu neuf charmantes filles et... commença à dire Sophie, son autre sœur.

— Bert, le vidangeur ? Impossible ! J'ai jamais vu un type aussi laid, avec son acné et... t'es sûre ? insista Fanny.

Sophie Grope n'en démordit pas.

— Vous ne me forcerez pas à coucher avec ce Bert Trubshot ! cria Rossetti d'une voix hystérique. Mon Arthur n'est peut-être pas parfait, mais au moins il est propre sur lui. Bert est répugnant de saleté.

Ses sœurs la regardèrent avec animosité. C'était la première fois qu'une Grope refusait de faire son devoir. Même pendant la Grande Peste, alors que les autres fermes de la région s'étaient barricadées et avaient fermé leurs portes aux inconnus, la veuve Eliza Grope, dépourvue de progéniture mais courageuse, avait attiré dans son lit un grand nombre de mâles terrifiés qui avaient cru que l'isolement de Mosedale les protégerait. Ses efforts n'avaient pas produit le résultat escompté. Elle était morte de la peste. Mais son exemple servit de référence pour les générations futures.

— Tu coucheras avec Bert Trubshot, que ça te plaise ou non, répliqua Beatrice.

— Mais Arthur sera furieux. Il est très jaloux.

— Et piètre mari. De toute façon, il n'en saura rien.

— Mais sûr qu'il l'apprendra, répliqua Rossetti. Et c'est un chaud lapin.

— Nous nous arrangerons pour que ça ne l'intéresse plus, fit Beatrice.

Trois mois plus tard, une fois Rossetti remise de ses couches et son bébé envoyé à l'orphelinat habituel de Durham, on versa une dose massive de somnifère dans la soupe d'Arthur Grope. Il eut juste le temps de remarquer qu'elle avait meilleur goût qu'à l'accoutumée avant de s'endormir sur sa platée de mouton bouilli aux carottes. Plus tard dans la soirée, il fit une rencontre malheureuse avec une bouteille de cognac cassée dont il ne se remit jamais entièrement.

Pendant ce temps-là, Sophie et Fanny se rendirent à Gingham Coalville dans une voiture aux rideaux tirés afin de ramener Bert Trubshot. Elles le trouvèrent à deux heures du matin, occupé à accomplir sa tâche nauséabonde. Fanny s'approcha franchement de lui – comme pour lui demander si elles étaient bien sur la route d'Alanwick – tandis que Sophie, armée d'un nerf de bœuf, l'assommait d'un coup bien porté à la base du crâne. Après, ce fut un jeu d'enfant de l'emmener à Grope Hall. Là, astiqué, les yeux bandés, aspergé de plusieurs bouteilles de parfum, gavé d'huîtres et de perles pilées, il fit son devoir dans un état de délire hallucinatoire, conséquence de sa commotion.

Rossetti trouva l'intermède moins désagréable qu'elle ne l'avait craint et éprouva même un sentiment de vide, lorsque, dûment drogué, Bert fut reconduit à Gingham Coalville. Ce qu'il sentit quand on le trouva nu comme un ver et puant le parfum devant sa porte fut la paume de sa femme et un certain regret d'avoir épousé une créature aussi violente et si peu aimante.

Arthur Grope était plus à plaindre. Hospitalisé à Wexham, il prenait peu à peu conscience de son état, et aurait donné cher pour savoir comment et pourquoi c'était arrivé.

— Vous ne pouvez donc rien faire ? demanda-t-il aux médecins d'une voix qui avait commencé à muer.

On lui répondit qu'il ne restait pas grand-chose à recoudre et que de toute façon il n'aurait pas dû boire autant de cognac. Arthur répliqua qu'il ne se souvenait pas d'en avoir avalé la moindre goutte, vu qu'il n'avait jamais bu d'alcool de sa vie mais que si les médecins lui disaient la vérité et qu'on lui avait supprimé le seul plaisir de sa vie, eh bien, il allait boire comme un trou pendant le restant de ses jours.

Sa décision se trouva renforcée quand, neuf mois plus tard, Rossetti Grope donna naissance à une petite fille particulièrement laide aux yeux noirs et aux cheveux noirs qui ne ressemblait en rien aux fils qu'il avait engendrés. Il mourut un an plus tard, ivrogne, castré et amer, suivi de peu par Rossetti et sa fille qui avaient attrapé une pneumonie lors d'un hiver rigoureux et humide.

Par bonheur pour la famille Grope, Fanny compensa le peu de productivité de sa sœur en mettant au monde sept filles (et cela sans la bénédiction d'un homme d'Église) grâce à de fréquentes virées à Gingham Coalville où, moins délicate et moins portée sur l'hygiène que Rossetti, elle jouissait des prévenances de Bert Trubshot. Grâce au vidangeur, la lignée femelle des Grope fut assurée.

2

VERS LE MILIEU DU XIXe SIÈCLE, l'embourgeoisement de la société britannique qui avait commencé cent ans plus tôt dans le Sud atteignit enfin Mosedale et Grope Hall. Les Grope, qui avaient déjà installé des toilettes à l'étage et des fauteuils vénitiens en tapisserie verte, firent de leur mieux pour négliger ce nouvel assaut sous prétexte que cette mode, comme toutes les autres, ne durerait pas longtemps. Mais vint le jour où même Beatrice, la maîtresse du Hall, succomba, cinquante ans après tout le monde, à la tentation des appuis-tête en dentelle et d'un mobilier totalement inutile. Les vieux tubs en étain dont s'était contentée, pendant des lustres, la famille pour ses bains annuels furent jetés et remplacés par une grande baignoire en fer équipée de robinets, l'un pour l'eau froide, abondante, l'autre pour l'eau chaude, intermittente. On vit même les dames Grope s'en servir au moins une fois par semaine.

Cependant, pour les maris et le fiston du moment, les choses suivirent leur cours. Comme lors des siècles précédents, les hommes brassaient la bière pour leurs épouses et distillaient divers alcools fatals qu'ils appelaient cognac ou gin selon leur couleur. S'ils étaient chanceux ou si leur épouse désirait leurs services pour la nuit, ils avaient le droit d'aller se baigner dans la rivière avoisinante.

Cette vague d'embourgeoisement mise à part, hommes et femmes vaquaient à leurs occupations comme si de rien n'était. Ce en quoi ils se trompaient.

Au début du XXe siècle, on trouva du charbon sur le domaine en quantités bien plus importantes que par le passé, et les veines étaient si épaisses et si rapprochées que même Adelaide Grope, la seule fille à posséder le sens des affaires (elle était à la tête de la famille depuis que Beatrice était devenue sénile et grabataire), ne put refuser la fortune qui se présentait. La course aux armements maritimes avec le Kaiser venait de commencer, et le besoin en charbon pour construire et alimenter les cuirassés était immense. Une étroite voie de chemin de fer fut construite au fond des vallées désertiques, où des wagons chargés à ras bord roulaient péniblement jusqu'aux aciéries à cent kilomètres vers l'est et revenaient bourrés de robustes mineurs.

Du jour au lendemain ou presque, les Grope disposèrent à la fois d'un surcroît d'argent et d'une surabondance d'hommes aptes à couvrir les femelles de la famille, sans en passer par le mariage. Cela ne dura pas. La réputation absolument sinistre des Grope ainsi que la cruauté des neuf chiens, descendants des gentils limiers qui avaient décidément mal viré, éloignèrent tous les hommes du voisinage, y compris ceux de lointains comtés. En vérité, les cinq filles de Beatrice, dignes héritières des attributs physiques de leurs aïeules, n'avaient rien pour attirer les hommes même les plus en manque. Bientôt, les mineurs évitèrent Grope Hall ou bien, un mâle isolé étant une proie trop facile, ils se déplacèrent en groupe. Depuis les fenêtres de Grope Hall, des yeux avides les regardaient s'extirper des wagonnets vides le matin et s'accrocher le soir à leurs flancs. Les filles Grope ne pouvaient rien y faire.

Adelaide, pourtant, qui conservait les qualités impitoyables de ses ancêtres, trouva le moyen d'exploiter les nouvelles richesses des Grope et l'abondance d'hommes. D'abord, elle subodora que le gouvernement taxerait les fortunes trop ostentatoires. Aussi, afin de s'assurer que les agents du fisc ne seraient pas en mesure d'évaluer les bénéfices que procuraient les mines, elle établit le contrat elle-même. C'était un document pour le moins extraordinaire. Les bénéfices seraient versés chaque mois en souverains d'or et apportés à Grope Hall par le chef comptable de la compagnie minière en personne, à qui il serait octroyé une commission occulte de cinq pour cent. De plus, elle persuada Beatrice, légalement toujours chef de famille, de signer ce contrat avec la compagnie minière en présence d'un médecin vert de peur, psychiatre dans un asile, et d'un notaire. Vu l'état de Beatrice, Adelaide dut verser de fortes sommes à ces deux individus pour qu'ils témoignent par écrit de la santé physique et mentale de l'aïeule.

La fortune des Grope assurée, Adelaide se chargea d'assurer la descendance féminine. Et, selon la tradition familiale, décida que l'enlèvement et la captivité étaient les seules solutions valables.

Profitant des nombreuses incursions des voies de chemin fer sur sa propriété, Adelaide conçut et réalisa un plan infaillible pour renforcer la sécurité et s'assurer qu'un mineur, une fois pris, ne pourrait plus s'échapper. Il fut appliqué aussitôt, lors d'une sortie nocturne particulièrement fructueuse où deux innocents pêchant dans la Mosedale se réveillèrent quelques heures plus tard ficelés comme des poulets sous l'œil vigilant de deux des filles Grope parmi les plus costaudes. Un écriteau ATTENTION AUX TAUREAUX ESPAGNOLS DE COMBAT, fixé à la grille de la propriété, avisa les éventuels intrus des dangers qu'ils encouraient. Et deux taureaux aussi dangereux qu'agiles furent mollement attachés à proximité du chemin de terre qui menait au Hall. Après nombre d'incidents lors desquels des facteurs furent encornés par les bêtes et refusèrent de distribuer le courrier même urgent destiné aux Grope, on dut installer une boîte aux lettres à l'extérieur de la grille.

Adelaide prit d'autres mesures destinées à empêcher toute violation de leur propriété : si par malheur quelqu'un entrait, il ne pouvait plus ressortir. On garnit le sommet du mur d'enceinte de piquants d'acier et l'on disposa une rangée de fil barbelé de fort diamètre à l'intérieur du mur. En fait, ces précautions allèrent à l'encontre du but recherché. La réputation des Grope ayant suffi pendant des siècles pour écarter les visiteurs, ce formidable système de défense éveilla la curiosité du voisinage. Les gens vinrent de Brithbury, et même de plus loin, pour voir de près ces piquants d'acier et ces taureaux d'une race spéciale. De retour chez eux, ils ne manquèrent pas de raconter que chez les Grope les vieilles traditions étaient toujours respectées.

— Il doit y avoir un pauvre diable qu'elles essayent de garder piégé, entendit-on au Moseley Arms. Ça doit être un sacré gaillard, pour qu'elles aient besoin de ces piquants et de ce fil barbelé. Avec ce que ça doit coûter. Faut qu'elles soient riches, ces Grope, pour se permettre toutes ces dépenses. Et puis, dites-moi, où donc qu'elles ont dégotté ces taureaux ?

— En Espagne, sans doute. C'est ce qui est écrit.

Un vieil homme assis près du feu sourit dans sa barbe :

— « Sans doute », c'est l'expression ad hoc. D'après moi, elles ont acheté ces monstres à Barnard Castle. Pas plus des taureaux de combat que moi.

— Ben moi, je m'y risquerais pas, commenta un autre consommateur. Ces neuf chiens me flanquent une trouille de tous les diables. C'est plus des loups que des bloodhounds !

Ces commérages parvinrent aux oreilles d'Adelaide qui n'en avait que faire. Cependant, l'accumulation de tant de nouvelles richesses et leurs conséquences sur ses sœurs la perturbèrent. Les deux malheureux pêcheurs n'avaient duré qu'une saison et n'avaient provoqué qu'une grossesse nerveuse. Les va-et-vient quotidiens de tant de mineurs bien baraqués passant sous les fenêtres du Hall troublaient aussi bien les dames Grope que les taureaux. Les premières mouraient d'envie de les épouser. Les seconds brûlaient d'une envie moins avouable.

Adelaide, après avoir enduré pendant des années les soupirs amoureux de la nouvelle génération, autorisa les jeunes demoiselles Grope à vivre dans le monde et leur octroya des revenus auxquels elles n'étaient pas habituées. Très sagement, elle garda les taureaux au bout de leur longe.

Enfin libérées de Grope Hall et de la poigne d'Adelaide, ces jeunes filles ne tardèrent pas à se marier et à s'installer dans des villes et des fermes du sud de l'Angleterre avec des hommes qui ne savaient rien de l'histoire des Grope. Au moment où la Première Guerre mondiale éclata, Adelaide força le chef comptable à l'épouser en menaçant de le dénoncer pour avoir accepté une commission afin de trafiquer les livres comptables. Un an plus tard, pour son plus grand bonheur et à l'étonnement de tous, elle donna naissance à une petite fille. Pour fêter l'événement, la vieille folle de tante Beatrice n'étant plus de ce monde, Adelaide transforma de fond en comble l'intérieur de Grope Hall, sans toucher à l'aspect lugubre de l'extérieur. Les pièces perdirent leur côté suranné. Elle les décora dans le style le plus contemporain sans lésiner sur la dépense, car son comptable de mari lui avait appris qu'elle pouvait faire passer les factures sur le compte de la société. Seuls demeurèrent en l'état les bancs et les grossières tables de la cuisine et ce qu'on appelait le bureau. C'était de là qu'Adelaide conduisait ses affaires et elle n'avait nulle intention de donner à quiconque des indications sur le montant de sa fortune. Par mesure de précaution, elle convertit la majorité de ses bénéfices en lingots d'or qu'elle dissimula au tréfonds d'un caveau recouvert de terre sous la pierre tombale d'une vieille chapelle dont l'existence n'était connue que d'elle-même et du révérend

Nicholas Grope. Et encore, l'homme de Dieu n'ayant pas le droit de sortir du domaine, il était inoffensif. De plus, il était si âgé et s'était fait si mal au dos en creusant la tombe qu'il était cloué au lit, et aurait donc été incapable de sortir même s'il en avait eu la permission.

Malgré tout, le XXe siècle rattrapa la famille, mais d'une façon tout à fait inattendue. Les besoins industriels de la Première Guerre mondiale épuisèrent les mines, qui avaient dû être évacuées par deux fois à la suite d'inondations et d'effondrements. Mais finalement les hostilités n'affectèrent guère le niveau de vie des Grope.

La première catastrophe fut la grippe espagnole qui décima vingt millions d'Européens – faisant bien plus de victimes que la Grande Guerre. À cette époque, le successeur du révérend Nicholas Grope était déjà mort d'une crise cardiaque, emportant avec lui (à proprement parler) le secret du trésor familial car l'or fut enterré sous son cercueil par la fille d'Adelaide. Un peu plus tard la grippe espagnole emporta Adelaide, sa fille et son comptable de mari qui avait pris les rênes du domaine sous les ordres de son épouse et de leur fille autoritaire à souhait. La veuve Eliza Grope succéda à Adelaide quand elle retourna à Grope Hall après la mort de son époux, reconnaissante à tout jamais envers le général Ludendorff de l'avoir débarrassée du major Grope pendant l'offensive de mars 1918.

Quand elle prit possession du domaine, Eliza, profitant de la fermeture des mines, restaura l'ancien mode de vie familial. Elle n'avait jamais prisé le nouveau style du Sud, avec ses excès de politesse, ses règles mondaines, l'obligation de se conformer aux convenances. Surtout, elle n'avait pas apprécié que son mari se conduise en chef de famille, la traitant comme une sorte de domestique améliorée. Déterminée à asseoir son autorité, elle choisit comme nouveau révérend Grope le fils d'une de ses cousines qui avait péri dans un raid de zeppelins sur Londres. Son père, remarié, fut ravi de ne plus avoir son crétin de rejeton dans les pattes, et plus content encore de voir qu'Eliza l'envoyait dans un collège religieux de second ordre.

Longtemps après la fin de la Seconde Guerre mondiale, longtemps après le début du règne despotique de Myrtle, autre veuve débarrassée de son mari sur un champ de bataille et héritière d'Eliza, la famille se refusait toujours à vivre avec son temps. Les charrues étaient tirées par des chevaux, le foin entassé en meules, les vaches traites à la main. Mis à part les molosses, réduits au nombre de six à la suite d'un malencontreux incident avec un taureau, si Ursula Grope et Awgard le Pâle étaient revenus à Grope Hall, ils auraient été fiers de retrouver leur propriété telle qu'ils l'avaient laissée au XIIe siècle. Ou presque.

C'est dans ce domaine isolé et dans cette vieille ferme qu'au début du nouveau millénaire Belinda Grope, nièce de Myrtle désormais très âgée, amena un jeune homme sans expérience du nom d'Esmond Burnes.

3

L'ENFANCE D'ESMOND BURNES S'ÉTAIT MAL PASSÉE. À cause de son nom.

Ce n'était pas sa faute, ni celle de son père, s'il s'appelait Burnes. Quoique, au cours de ses crises de cafard, Esmond ait souvent souhaité que son père ait embrassé le célibat. Ou que, s'il s'était senti obligé de se marier, ce qui de toute évidence avait été le cas, il ait pris les précautions les plus élémentaires pour éviter d'engrosser sa femme. Il ne le lui avait pourtant jamais reproché. Mme Burnes n'était pas une femme à qui l'on déniait le droit d'être mère. Grande et frivole, avec un appétit insatiable pour les histoires à l'eau de rose les plus mièvres et les plus bêtes, elle avait acquis une passion inextinguible pour l'Amour. En d'autres termes, elle vivait dans un monde où les hommes, tous aristocrates, faisaient leur demande en mariage au sommet d'une falaise, une nuit de pleine lune, tandis qu'en contrebas les vagues se fracassaient contre les rochers. Leur requête était acceptée avec un mélange de ravissement et de pudeur, après quoi ils étreignaient leur pure fiancée contre leur torse viril.

Il faut dire que M. Burnes avait procédé avec quelques variantes. Il n'était pas le plus viril des hommes et, directeur d'une banque de Croydon, avait fait de son mieux pour ne pas succomber au fond de passion qui courait, ou du moins claudiquait, dans sa famille. Malgré tout, Mme Burnes, née Vera Ponson, vingt-huit ans, le persuada de lui demander sa main. Comble de l'horreur, elle insista pour qu'il accomplisse le rituel de la falaise qu'elle connaissait par cœur grâce à ses lectures. Ils se rendirent en voiture jusqu'à Beachy Head une nuit où la lune était à son zénith, vêtus de tenues de soirée qui rappelaient plus ou moins les bustiers en satin et hauts-de-chausses en velours si souvent décrits dans les romans favoris de Mme Burnes. À peu de chose près, l'événement, ou plutôt le rendez-vous d'amour, comme l'appelait Vera, aurait pu satisfaire ses rêves les plus fous. Mais tout ne fut pas parfait. La pleine lune ne brilla que par intermittence, souvent masquée par des nuages bas. Pourtant Vera Ponson se refusa à être déçue. Pour elle, les nuages filaient, poussés par un vent soufflant en rafales, tandis que cent cinquante mètres plus bas la mer s'agitait avec furie. En fait, il était impossible de voir le déchaînement de la mer, en raison de l'obscurité et, même en plein jour, M. Burnes, dont l'extrême prudence était due autant à sa nature qu'à ses responsabilités professionnelles, aurait refusé de s'approcher du bord. Il souffrait de vertige. S'il avait accepté de grimper en haut de la falaise, c'était pour témoigner son amour à Vera et, plus précisément, pour satisfaire une envie irrésistible de connaître le confort conjugal que ses amis mariés avaient l'air d'apprécier et que le romantisme naïf de la jeune fille semblait promettre. C'est seulement en quittant Londres qu'il se souvint que Beachy Head était célèbre pour le nombre de ses suicides et qu'en cas de chute accidentelle il n'aurait aucune chance de survie. Ses craintes en furent multipliées par quatre.

Du coup, plus par terreur que par passion, il demanda la main de Vera à toute vitesse avant de la presser contre son cœur palpitant. Au même instant, il fut aidé par une soudaine bourrasque de vent qui le souleva de terre. Sa future épouse dans ses bras, solide rempart contre le tournis, il se sentit rassuré. Comme pour célébrer leur union, une lune ronde et brillante, tout à fait dans le goût de Vera, émergea des nuages et illumina le couple.

— Mon chéri, comme j'ai attendu cet instant, murmura-t-elle, en pleine extase.

Il se trouva que deux agents de police attendaient eux aussi le bon moment. Ils s'étaient glissés derrière les deux amoureux après qu'un automobiliste, ayant remarqué la voiture garée au pied de la falaise, avait alerté le commissariat pour signaler la présence d'une paire de dingues candidats au suicide.

— Allons, allons, tout ira bien, fit un des agents en braquant sa torche, ajoutant une dose de lumière à la scène.

Or tout alla de travers. Horace Burnes, en tant que directeur de banque, domicilié au 143, Selhurst Road, Croydon, détesta avoir à décliner son identité. Il n'apprécia pas non plus qu'on le soupçonne d'avoir voulu en finir avec la vie ou, comme le sergent le formula avec un évident manque de tact, « prendre la sortie facile ».

Des années plus tard, Horace serait tenté de conclure que ces mots avaient eu quelque chose de prophétique, mais à l'époque il se fit surtout du souci pour sa future carrière au cas où se répandrait la rumeur selon laquelle, d'après les mots du sergent, « il avait l'habitude de venir déguisé à Beachy Head les soirs de pleine lune pour demander en mariage des femmes bizarres », ce qui était plus ou moins aussi ce que Vera essayait d'expliquer. Horace aurait souhaité qu'elle ferme son clapet, un vœu pieux, comme sa vie conjugale allait le prouver. Quant à Vera, elle trouva si choquant d'être traitée de femme bizarre, que le sergent s'en mordit les doigts. Ensuite il se mit à pleuvoir.

Bref, ces débuts peu prometteurs furent suivis d'un mariage à l'église Sainte-Agnès, choisie pour ses connotations littéraires (Vera avait été très touchée par un certain poème appris à l'école), d'une lune de miel à Exmoor (en référence, cette fois, à Lorna Doone, célèbre héroïne de roman), d'un fils et héritier baptisé Esmond. Si le rejeton d'Horace et de Vera souffrit d'une jeunesse tourmentée, ce fut plus en raison de ce prénom désuet que du nom de Burnes, relativement anodin.

Peu avant sa naissance, Vera s'était plongée dans une histoire d'amour passionnée dont le personnage principal se nommait Esmond. Dans l'état hébété et confus qui succéda à un travail atrocement difficile où Horace n'avait été d'à peu près aucune utilité, son horreur du sang égalant sa terreur des sommets, elle éprouva un certain réconfort à se représenter son Esmond de roman. Un vrai mâle en hauts-de-chausses de daim, la chemise ouverte jusqu'à la ceinture révélant un torse d'une extrême virilité, une crinière de boucles du noir le plus noir balayées par le vent, arpentant une lande déserte ou, plus souvent encore, posté sur un promontoire rocheux au-dessus d'une mer en furie : le modèle idéal pour un garçon qui, s'il ne tenait qu'à elle, n'aurait ni la timidité de son père ni son manque de chevalerie.

Exposé à ces influences littéraires cucul la praline, Esmond Burnes, dès son plus jeune âge, opta pour ce qu'on pourrait appeler l'art de se rendre invisible. Alors que les autres garçons couraient, criaient, sautaient, rigolaient, bref, se conduisaient comme des garçons, Esmond, lui, dès ses premiers pas, se contenta de se cacher dans les coins en arborant un air à la fois sournois et mélancolique.

De son point de vue, sa conduite s'expliquait aisément. Il était suffisamment difficile de s'appeler Esmond, sans avoir en plus à se retrouver sans cesse face au héros maternel dont l'image traînait non seulement partout à la maison mais dans chaque librairie et chez chaque marchand de journaux où il mettait les pieds. N'importe quel gosse à la carapace épaisse se serait rendu compte qu'il ne pourrait être à la hauteur des espoirs et des rêves de sa mère.

Or Esmond ne manquait pas de sensibilité. Au contraire. Comme tout enfant nanti de jambes et d'oreilles semblables aux siennes – les premières maigrelettes et les secondes largement protubérantes –, il avait forcément conscience de ses défauts. Et des carences de sa mère qui avait la même attitude sentimentale et vieux jeu pour l'éducation de son fils que pour ses lectures.

Dire qu'elle était gâteuse d'Esmond ou même qu'il était la prunelle de ses yeux serait minimiser l'incroyable adoration qu'elle vouait à ce pauvre garçon. Dès qu'elle l'apercevait en public, elle ne pouvait s'empêcher d'annoncer à très haute voix : « Regardez cette créature divine. Il s'appelle Esmond. C'est l'enfant de l'amour, mon fils chéri, un véritable enfant de l'amour. » Elle avait tiré cette expression des *Passions d'Esmond,* roman portant la signature de Rosemary Beadefield mais rédigé en réalité par douze écrivains différents au rythme d'un chapitre chacun.

Il ne vint jamais à l'esprit de Vera qu'elle n'avait rien compris à cette expression et qu'en fait elle annonçait au monde et à la ville que son fils était né hors des liens sacrés du mariage, bref, un petit coquin de bâtard, ce que pensait Horace en secret sans pourtant oser l'énoncer. Cela n'effleurait pas non plus l'esprit d'Esmond, trop occupé qu'il était à subir les railleries, sarcasmes, sifflets des gens autour de lui.

Avoir pour mère une femme vulgaire qui vous emmène faire des courses en informant le monde entier, même si ce monde se limite à Croydon, que « Voici Esmond » n'est déjà pas terrible, mais être connu comme « l'enfant de l'amour », c'est à vous enfoncer un fer rouge dans l'âme. Ce n'était pas tant qu'Esmond eût une âme – car, s'il en possédait une, elle n'avait rien d'extraordinaire – mais les troupeaux de neurones, de terminaisons nerveuses, de synapses et de ganglions qui constituaient celle dont on le créditait étaient si remués et vilipendés qu'il y avait des moments où il aurait souhaité être mort.

Ou que sa mère tombe raide. En fait, un enfant normal et sain d'esprit aurait, à juste raison, tout fait pour atteindre un de ces buts. Hélas ! Esmond n'était ni normal ni sain d'esprit. Il avait hérité la prudence et la timidité de son père. Et il est légitime qu'il ait joué les hommes invisibles pour éviter d'être remarqué et d'endurer les déclarations publiques de sa mère.

La ressemblance entre Esmond et Horace Burnes était un autre handicap sérieux. D'autres pères auraient été ravis que leur fils soit leur copie conforme, tant sur le plan physique que moral. M. Burnes était différent. Au cours de ses années de mariage, il avait fait son possible pour se persuader que le seul motif de cette union aussi inconsidérée que désastreuse avait été de s'assurer que le monde ne produirait plus de petits Burnes aux jambes maigrichonnes et aux oreilles protubérantes. Aussi, raisonnait-il d'une façon illusoire, il avait choisi une grande femme aux jambes robustes et aux oreilles bien proportionnées qui lui donnerait des enfants (une progéniture selon ses termes), aux gènes suffisamment divers pour être normaux. Pour résumer, ce seraient des produits standard, mélange de bravade et de timidité, d'exubérance et de retenue, de sentimentalisme vulgaire et de bon goût, qui mèneraient des vies raisonnables et productives sans être tenus d'épouser des femmes totalement inadéquates sous prétexte de préserver le bien public et d'améliorer la gent humaine.

Esmond Burnes tourna en dérision les espoirs paternels. Il ressemblait tellement à son père que parfois Horace, se rasant devant la glace, croyait voir le reflet terrifiant de son fils en train de le dévisager. Il avait en face de lui les mêmes grandes oreilles, de semblables petits yeux, des lèvres minces identiques. Même le nez était pareil. Seuls ses pyjamas rayés lui évitaient la vision double de ses jambes. Tout le reste n'était qu'évidentes similitudes.

Il y avait pire encore, bien que le miroir n'en fasse pas état. La mentalité d'Esmond était la copie conforme de celle de son père. Timide, prudent, tristounet et dissimulateur, il nourrissait comme celui-ci une haine farouche pour les lectures maternelles. À dire vrai, les tentatives de Vera pour l'inciter à lire les ouvrages qui lui avaient donné tant de frissons pendant son adolescence rendaient Esmond tellement malade qu'elles le précipitaient quelquefois droit dans les toilettes, la tête dans la cuvette.

Donc, son caractère ne reflétait ni la souriante extravagance de sa mère, ni son romantisme bon enfant, ni la moindre trace de la joie de vivre et de la vigueur qui avaient ravagé la sensibilité de M. Burnes pendant leur voyage de noces. Quelles que fussent les passions et la joie de vivre d'Esmond – mais en possédait-il ? s'interrogeait Horace –, elles étaient si bien cachées qu'il se demandait parfois si son fils n'était pas autiste.

À dix ans, et même onze, Esmond était un enfant paisible qui ne communiquait, quand il lui arrivait de parler, qu'avec Sackbut le chat, un matou châtré (geste symbolique de la part de Vera, inspiré par le manque de performances d'Horace plutôt que par les penchants érotiques de Sackbut) autant qu'obèse qui dormait jour et nuit et ne se levait que pour manger.

Les choses auraient pu continuer ainsi, Esmond ne s'adressant qu'au chat impuissant et se faisant tout petit dans les rues de Croydon sans jamais s'aventurer à Northumberland, et encore moins chez les Grope, si la puberté ne l'avait transformé.

À quatorze ans, Esmond se métamorphosa et, oubliant sa timidité passée, se mit à exprimer ses sentiments avec une violence assourdissante. Vraiment et littéralement assourdissante. La veille du quatorzième anniversaire d'Esmond, Horace, de retour d'une journée fatigante à la banque, eut le choc d'entrer dans une maison toute vibrante du bruit d'une batterie.

— Bon Dieu ! Qu'est-ce qui se passe ? demanda-t-il en haussant le ton plus que d'habitude.

— Oncle Albert a offert une batterie à Esmond, répondit Vera. Je lui avais dit qu'il avait peut-être la fibre artistique et Albert a dit qu'à son avis notre fils devait avoir des talents musicaux.

— Il a dit quoi ? hurla Horace, à la fois pour exprimer son incrédulité et se faire entendre au-dessus du boucan.

— Oncle Albert trouve que les dons musicaux d'Esmond doivent être encouragés. Il lui a donné une batterie complète. Il est vraiment gentil, tu ne trouves pas ?

Horace préféra garder pour lui ce qu'il pensait de l'oncle Albert. Sans connaître les motivations d'un tel cadeau à un adolescent totalement perturbé – et, à entendre le bruit infernal, ces motivations devaient être compliquées –, il n'aurait jamais qualifié de la sorte le frère de Vera. Fou ? Oui. Malfaisant ? Oui. Diabolique ? Oui. Mais gentil ? Certainement pas.

Vera vouait une adoration sans bornes à son frère, Albert Ponson, un solide gaillard au teint rougeoyant qui dirigeait une affaire plutôt véreuse de voitures d'occasion, des « voitures de seconde main », comme il les appelait dans un sursaut d'honnêteté surprenant. En plus de ce business en Essex, il possédait la moitié d'un élevage de porcs ainsi qu'un abattoir en self-service, deux activités qui incitèrent Horace à se taire. Horace s'était rendu à Ponson Place, un bungalow tentaculaire construit à l'écart de la route sur cinq hectares de terres agricoles où cette brute avait insisté pour lui faire visiter l'abominable abattoir en self-service. Bien sûr, à la vue des flots de sang et des carcasses éventrées, il avait tourné de l'œil. En recouvrant ses esprits, Horace était arrivé à la conclusion suivante : le fait que la plupart des concurrents d'Albert Ponson se soient retirés précipitamment du marché de l'occasion – ou, dans le cas de deux concessionnaires obstinés, qu'ils aient disparu ostensiblement en Australie ou en Amérique du Sud – n'avait rien de réconfortant. Qu'Albert ait trouvé prudent de transformer son immense bungalow en une forteresse dotée de vitres à l'épreuve des balles, de miroirs sans tain, de portes blindées n'avait fait qu'accroître la terreur que son beau-frère lui inspirait. Non, il n'allait pas parler à Vera de cette satanée batterie, et encore moins s'y opposer. Cet horrible type était un gangster. Il en était certain.

Afin d'échapper aux vibrations de la batterie, Horace estima opportun de partir pour la banque très tôt le matin et de ne revenir chez lui que tard le soir. Vera crut que son mari l'évitait et qu'il paressait au pub plutôt que de travailler, ce qui n'était pas loin de la vérité. Finalement, ce furent les voisins qui se plaignirent du vacarme s'échappant de la chambre d'Esmond - parfois jusqu'à deux heures du matin. Mme Burnes voulut contre-attaquer mais l'arrivée d'un inspecteur spécialiste des nuisances sonores au milieu d'une session artistique particulièrement explosive et la menace de suites judiciaires finirent par persuader Vera d'entendre raison.

— Je veux tout de même qu'il prenne des leçons de musique, des leçons particulières, dit-elle à son mari.

Elle fut surprise d'apprendre qu'Horace, après s'être renseigné, avait déjà trouvé un excellent professeur de piano, qui avait l'avantage d'habiter une maison isolée à quinze kilomètres de là.

Esmond s'y rendit cinq fois avant d'être prié de ne plus revenir.

— Mais pourquoi, monsieur Howgood ? Pour quelle raison ? demanda Mme Burnes.

Le professeur marmonna seulement quelques mots où il était question des nerfs de sa femme et des difficultés qu'avait Esmond à faire ses gammes.

Mme Burnes répéta sa question.

— Une raison ? Une raison ? répondit le pianiste, qui semblait avoir le plus grand mal à concilier ce qu'Esmond considérait comme de la musique et quelque chose de vaguement rationnel.

— En plus du fait qu'il bat mon piano à mort... voilà la raison, ajouta-t-il.

— Battre à mort ? Expliquez-vous !

Il contempla l'espace vide sur la cheminée où avait trôné le vase favori de sa femme jusqu'au jour où les ondes de choc dues aux coups de poing d'Esmond sur le piano avaient fait tomber dans le feu la précieuse céramique signée Bernard Leach.

— Le piano n'est pas seulement un instrument à percussion, dit-il d'un air tendu. Il possède des cordes, madame Burnes, ça n'a rien d'une grosse caisse. Hélas ! votre fils est incapable de faire la différence. S'il a le moindre talent musical... il devrait s'en tenir à la batterie.

Vaincue sur le terrain de la musique, Vera s'entêta à croire que le nouvel Esmond avait l'art dans le sang. Cependant, à la suite des manifestations picturales de son fils exprimées au feutre indélébile dans les toilettes du rez-de-chaussée, elle émit quelques réserves sur son avenir de peintre. Horace fut tout à fait d'accord :

— Je refuse que ma maison se détériore sous prétexte que tu considères notre fils comme un nouveau Picasso. Sans parler du coût de la rénovation. La facture va s'élever à des centaines de livres, à cause de ce satané feutre !

— J'en suis sûre, Esmond ignorait que l'encre imbiberait autant le plâtre.

Mais Horace avait de la suite dans les idées :

— Après sept couches de peinture, le dessin est toujours visible. Et j'aimerais bien savoir où il a vu le machin d'une femme.

Vera refusa de considérer les choses sous cet angle :

— Qui te dit que... c'est ce que tu penses ? demanda-t-elle en essayant de le piéger. Ta sale imagination. C'était juste abstrait. Moi, je n'y ai rien vu d'anatomique. Seulement un ensemble de lignes, de volumes, de formes et...

— Des lignes, des volumes de quoi ? Eh bien je vais te dire ce que Mme Lumsden a vu. Elle...

— Je ne veux rien entendre de plus. Je ne t'écouterai pas.

Sur ce, Mme Burnes saisit l'occasion qui se présentait à elle :

— Comment sais-tu ce qu'elle a vu ? Ne me raconte pas que Mme Lumsden t'a dit qu'elle croyait que c'était...

— M. Lumsden ne s'en est pas privé, répliqua Horace au moment où sa femme s'arrêtait avant de proférer l'inqualifiable. Il est venu à la banque afin de prolonger son découvert et il en a profité pour mentionner que sa satanée épouse avait été fascinée par le dessin d'une foufoune dans les toilettes, quand elle était venue boire un café à la maison, l'autre matin.

— Impossible ! On avait déjà repeint dessus !

— Effectivement. Deux fois, même, mais ça n'a pas suffi. Mme Lumsden a encore précisé à son mari qu'il avait grandi pendant qu'elle était assise sur le trône.

— Je ne te crois pas. Comment a-t-il pu grandir ? Un dessin ne grandit pas. Elle a tout inventé.

Horace Burnes déclara que ce n'était pas le sujet. L'important était que Mme Lumsden avait vu ce... sacré truc grandir et que ce chenapan de Lumsden avait eu le culot d'en profiter pour prolonger son découvert, le menaçant de faire savoir que les Burnes – ou plus précisément Horace Burnes – avaient l'habitude de dessiner des vulves – oui, laissons tomber les foufounes et autres petits noms et appelons une chatte une chatte – sur les murs des toilettes et que dans ce cas…

— Tu ne vas pas le laisser faire, hein ? Tu ne peux pas…

Horace sembla regarder sa femme pour la première et sans doute la dernière fois.

— J'ai tout nié, évidemment, rétorqua-t-il avant de reprendre son souffle. Je l'ai sommé de venir à la maison vérifier par lui-même s'il ne me croyait pas. C'est pourquoi les plâtriers arrivent demain pour réparer le reste des dégâts.

— Quels dégâts ? Encore des dégâts ?

— Oui, causés par un litre de Harpic, un marteau et un chalumeau qui m'a coûté vingt-cinq livres. Va donc y jeter un coup d'œil si tu ne me crois pas.

Mme Burnes s'était déjà éclipsée et, d'après le silence qui s'ensuivit, Horace comprit que pour la première fois de sa vie conjugale il avait réussi l'impossible. Elle n'avait rien eu à ajouter, et la question de l'éducation artistique d'Esmond était enfin enterrée.

Vera avait désormais d'autres préoccupations. À commencer par le sursaut d'aplomb d'Horace qu'elle avait trouvé particulièrement viril. Tout en regardant le mur saccagé, elle ne put s'empêcher de se demander si elle ne pourrait pas persuader son mari d'enfiler les hauts-de-chausses en daim qu'elle lui avait achetés en cadeau de mariage. Et qui étaient comme neufs. Tout bien considéré, c'était probablement une excellente chose que le nouveau et bruyant Esmond soit sorti de sa coquille.

4

MALHEUREUSEMENT POUR VERA, le sursaut de virilité d'Horace fut éphémère. Très vite, il retrouva sa timidité coutumière. Si les ambitions artistiques de sa mère incitèrent Esmond à réagir avec une violence démente, l'influence de son père au cours des années suivantes fut également maléfique.

Le métier d'Horace contribua sans doute à ce qu'il insiste d'une façon démodée sur les notions suivantes : deux et deux font quatre, les comptes doivent être équilibrés, l'argent ne pousse pas sur les arbres, il faut travailler pour le gagner, l'épargner et toucher des intérêts et le deuxième principe de la thermodynamique s'applique autant aux affaires humaines qu'à la physique. Ainsi qu'il l'expliqua à son fils un après-midi étouffant où, à contrecœur, Vera les avait envoyés faire « une jolie promenade » sur Croham Hurst :

— La chaleur se transmet toujours du chaud vers le froid et jamais l'inverse. C'est clair ?

— Tu veux dire qu'un glaçon ne pourra jamais allumer un feu ? répondit Esmond, surprenant son père par sa perspicacité.

Horace lui-même n'avait jamais raisonné en des termes aussi limpides.

— Exact. Très bien. La même chose avec l'argent. Ce principe de la thermodynamique s'applique aussi à la banque. L'argent va toujours du riche au pauvre.

Esmond s'arrêta sous les bouleaux de Break Neck Hill :

— Je ne comprends pas. Si les riches donnent leur argent aux pauvres, pourquoi les pauvres restent pauvres ?

— Parce qu'ils dépensent l'argent, évidemment, rétorqua Horace avec humeur.

— Mais si les riches distribuent leur argent, ils ne peuvent pas le garder - et s'ils ne le gardent pas, ils ne peuvent pas rester riches.

M. Burnes regarda un golfeur éloigné d'un air nostalgique et poussa un profond soupir. Il ne pratiquait pas le golf mais il le regretta. L'envie de taper dans quelque chose le saisit brutalement et une petite balle blanche aurait remplacé avantageusement la tête de son fils. Il résista à cette impulsion et fit de son mieux pour lui sourire et lui répondre. Mais que dire ? Il n'en avait aucune idée. Une vague réminiscence d'éducation religieuse le sauva :

— Certes, les pauvres ne disparaîtront pas de ce pays, fit-il en citant la Bible.

— Pourquoi ?

Horace tenta de trouver une explication à une phrase qu'il n'avait jamais approfondie parce qu'il n'en avait jamais éprouvé la nécessité. Les pauvres n'avaient pas besoin de lui comme directeur de banque et, si c'était le cas, ils ne pourraient pas se payer ses services. La seule personne du voisinage à être fauchée était la vieille Mme Rugg, la femme de ménage, qui venait deux fois par semaine passer l'aspirateur et nettoyer la maison et qui leur soutirait cinq livres de l'heure pour cet honneur. Pour M. Burnes il n'y avait aucune raison de la considérer comme pauvre. Mais, comme il avait mis le sujet sur le tapis, il devait achever.

— Si les pauvres existent toujours, reprit-il, l'inspiration lui venant, c'est qu'ils ne font pas d'économies. L'argent leur brûle les doigts et ils dépensent tout ce qu'ils gagnent, alors que les riches, étant bien plus malins – c'est pour ça qu'ils sont devenus riches pour commencer –, récupèrent leur argent. Ce cycle prouve ce que je dis. Maintenant, je rentre prendre le thé à la maison.

Grâce à cette discussion peu probante autour du deuxième principe de la thermodynamique et à une foule d'autres thèmes, le jeune Esmond acquit un certain nombre de certitudes. En vérité, pas tant des certitudes qu'une conviction : les choses étaient comme elles étaient et possédaient une finalité intangible et une qualité inaltérable qui rendaient inutile la compréhension de la nature de la société.

Conclusion relativement rassurante pour un adolescent victime des conséquences de son vague éveil sexuel et du mépris des autres garçons – et surtout des filles –, à cause de son nom, de ses oreilles, de son drôle de physique et de sa tendance encore vivace à se faire tout petit, surtout sous l'effet du stress. La violence que ce mépris engendrait en Esmond, il l'avait assouvie en tapant comme un malade sur sa batterie, puis en martelant un piano, mais ces dérivatifs lui avaient été retirés.

Comme ses graffitis obscènes n'avaient pas eu d'effets durables sur les sentiments d'une mièvrerie déplorable de sa mère et ne l'avaient pas empêchée de les exprimer abondamment en public, il fut plutôt heureux à l'idée que la compréhension du monde était aussi inutile qu'impossible.

Alors, entre l'amour implacable de sa mère, les réactions que celui-ci provoquait en lui et les idées étroites et immuables de son père sur tous les sujets, Esmond Burnes songea à prendre Horace pour modèle. Une tentative qui serait vouée à l'échec, conformément à l'histoire de la famille.

5

DEPUIS QUELQUES SEMAINES, Horace Burnes ressentait un peu plus d'affection pour son fils – un garçon qui lui avait donné les moyens de clouer le bec à son intarissable épouse, même si cela avait nécessité des dessins cochons dans les toilettes et des frais importants pour remplacer le plâtre et rénover les lieux, ne pouvait être totalement mauvais.

Il lui pardonna même l'atroce vacarme des grosses caisses. Après tout, elles l'avaient conduit à quitter la maison de bonne heure, lui évitant ainsi les embouteillages et lui fournissant une excellente excuse pour rentrer tard, le moral en hausse après deux verres de whisky bien tassés au Gibbet & Goose, le pub local. Et maintenant qu'il y réfléchissait, le tête-à-tête de Vera avec un inspecteur des services de contrôle sonore et les menaces de poursuites n'avaient pas été vains. Cela avait diminué son autorité, tout comme le scandale du truc qui avait « grandi » et le récit de Mme Lumsden.

Bref, Horace commença à apprécier les dons destructeurs d'Esmond, en contradiction avec son tempérament prudent et peureux. Alors qu'il avait été dégoûté par son sosie de fils, il ressentait désormais une certaine cordialité pour le gamin ainsi que de l'admiration pour son état d'esprit.

Puis vint le moment où les premiers signes de rébellion se dissipèrent et où Esmond se remit à prendre exemple sur son père. Du coup, l'affection d'Horace s'évanouit.

Être obligé de vivre avec son portrait était déjà une épreuve renouvelée chaque jour quand il se rasait devant la glace. Mais lever la tête de son porridge matinal et voir une version rajeunie de lui-même, horrible réplique assise de l'autre côté de la table, qui imitait ses gestes et mangeait sa pitance avec la même réticence – Vera était persuadée que les céréales étaient ce qu'il y avait de mieux pour le cœur –, voilà qui n'arrangeait pas son humeur.

Ni d'ailleurs sa santé, qui n'avait jamais été bonne. Mais l'image miroir de son fils lui rappelant sa virilité naissante – enfin, aussi naissante que possible pour un futur directeur de banque de Croydon –, le plongea dans une vieillesse prématurée, comme s'il voulait échapper aux tourments d'une telle similitude.

À quarante-cinq ans, Horace avait l'air d'en avoir soixante. L'année suivante, il ressemblait tellement à un type de soixante-cinq ans qu'un directeur de la maison mère de la Lowland Bank lui demanda ce qu'il comptait faire quand il prendrait sa retraite dans quelques mois. Ce soir-là, Horace rentra du Gibbet & Goose après avoir ingurgité six doubles whiskys au lieu des deux habituels.

— Bien sûr que je suis soûl, dit-il avec difficulté à sa femme qui l'accusait d'être ivre. Et tu le serais également, si tu pouvais te voir comme je te vois.

Normal que Vera ait piqué une crise :

— Je t'interdis de me parler ainsi, hurla-t-elle. Tu m'as épousée pour le meilleur et pour le pire, et ce n'est pas ma faute si je ne suis pas aussi belle qu'avant.

— D'accord, d'accord !

Horace trouva étrange l'affirmation de Vera. Il ne l'avait jamais trouvée belle et il ne comprit pas pourquoi elle abordait tout à coup le sujet. Avant qu'il ait le temps d'approfondir la question et de trouver une chaise de la cuisine sur laquelle se laisser tomber, elle continua sur sa lancée :

— Tu devrais te regarder !

Horace la dévisagea en essayant de se concentrer. Il la voyait en double.

— Je n'arrête pas, dit-il en trouvant un siège. C'est insupportable, atroce. Je ne peux pas faire autrement que de me regarder. Je suis... Il est toujours là. Toujours foutrement là !

Ce fut au tour de sa femme de le dévisager. Elle n'avait pas l'habitude de se colleter avec des ivrognes et n'avait jamais vu Horace aussi parti. Qu'il rentre dans un tel état, l'insulte, s'écroule sur une chaise, parle de lui à la troisième personne montrait qu'il n'était pas seulement soûl. Elle songea un instant à quelque chose de plus grave, peut-être une attaque de démence, quand une odeur, pire, une bouffée d'alcool lui sauta au visage au moment où Horace, le visage blême, se levait péniblement.

— Il est revenu ! glapit-il en fixant la porte de la cuisine. Et maintenant il y a deux moi ! Mais qu'est-ce qu'ils font dans mon pyjama ?

Vera tourna la tête. Elle était désormais persuadée qu'il était atteint de delirium tremens. Horace devait boire en cachette, et l'alcool, le rendant fou, avait fait son œuvre. Mais ce n'était qu'Esmond qui passait, en tentant, comme toujours, de ne pas se faire remarquer. Avant qu'elle puisse énoncer cette évidence, Horace remettait ça :

— Disparais, tache maudite ! Disparais, dis-je ! Une, deux, c'est l'heure de le faire. L'enfer est ténébreux ! cria-t-il en citant Shakespeare, sous le coup du whisky et d'une réminiscence de ses années d'école.

Saisissant un couteau à découper, il s'avança d'un pas lourd vers son fils, se jeta sur lui et tomba face contre terre.

— Papa ne tourne pas rond ? demanda Esmond tandis que Vera s'agenouillait près d'Horace et lui retirait le couteau des mains.

— Il n'est pas lui-même. Ou plutôt il a l'impression qu'il est quelqu'un d'autre. Un truc comme ça. Esmond, est-ce que tu peux, pour une fois, arrêter de raser les murs et aider ton père à retrouver ses esprits avant que j'appelle une ambulance ?

À eux deux, ils hissèrent Horace jusqu'à sa chambre et le mirent au lit. Ensuite, au lieu de recourir à un médecin, Vera décida de téléphoner à son frère Albert, qui promit de venir le lendemain matin.

— J'ai besoin de toi, insista-t-elle. Horace a essayé de poignarder Esmond. Il a perdu la tête.

Albert garda pour lui ce qu'il pensait de l'état mental de son beau-frère et raccrocha. Il avait lui aussi dépassé le taux d'alcool autorisé et n'avait aucunement l'intention de se voir retirer son permis de conduire pour la simple raison qu'Horace Burnes avait essayé de faire ce que tout père sain d'esprit aurait accompli depuis des années.

6

TANDIS QU'HORACE ÉCHAPPAIT AUX TOURMENTS de la vie familiale en sombrant dans un sommeil éthylique, Vera ne ferma pas l'œil de la nuit, remuant dans sa tête toutes sortes d'idées, à savoir que son mari était fou, qu'il allait perdre son poste à la banque et finirait ses jours dans un asile au vu et au su de tous leurs voisins. Ce sombre avenir l'amena à envisager une conclusion encore plus mélodramatique : Horace réussirait à assassiner son fils chéri dès qu'elle aurait le dos tourné. Elle se jura de ne jamais les laisser seuls ensemble. Grâce à son imagination d'un romantisme effréné, elle trouva un certain réconfort à songer qu'elle défendrait son Esmond chéri de son corps, même s'il fallait qu'elle se fasse poignarder à sa place par son dément de mari. Bien sûr, Horace mourrait avec elle – elle y veillerait –, et Esmond passerait sa vie hanté par un sentiment de culpabilité sans rémission (la signification de ce mot lui échappait, elle savait seulement qu'il était lié à l'amour d'une façon inévitable) et par le lourd secret de cette tragédie dont il ne pourrait parler à personne. Vera ponctua ces pensées grand-guignolesques d'une série de sanglots avant de s'endormir à l'aube, pendant que son époux continuait de ronfler.

Dans sa chambre, Esmond écouta ces bruits et essaya de comprendre ce qui était arrivé, pourquoi son père l'avait traité de « tache maudite » et sommé de quitter la maison. C'était très bizarre et, pour un adolescent impressionnable, vraiment perturbant. Quant à ses intentions sur l'usage qu'il voulait faire du couteau à découper, elles n'avaient été que trop claires pour être ignorées.

Pris entre une mère d'une sentimentalité étouffante et un père meurtrier – en tout cas incapable de se conduire d'une manière rationnelle –, Esmond sentit le besoin de s'échapper vers une ambiance moins compliquée et plus saine où il ne serait ni considéré par sa mère comme parfait, ni rejeté par son père avec une telle ingratitude. Il existait d'autres mondes à conquérir, et plus vite il en trouverait un à son goût, plus tôt il serait heureux. Juste avant de s'endormir, et pour la première fois depuis sa malheureuse tentative avec la batterie, Esmond décida de se rebeller : il s'enfuirait de chez lui. La situation était intolérable. Il n'en pouvait plus d'être traité ainsi et, même s'il devait vivre dans la rue, pauvre, affamé et sans amis, ce serait un progrès.

Mais l'oncle Albert, en arrivant le lendemain au volant de son Aston Martin pendant qu'il était en classe, lui épargna une démarche aussi extrême.

— Alors, que se passe-t-il ? demanda Albert de sa grosse voix en entrant dans la maison.

Vera se précipita pour le faire entrer dans la cuisine et referma la porte derrière lui.

— C'est Horace. Il est rentré ivre, s'est mis à crier après Esmond et puis il a pris un couteau et a essayé de le tuer. Il a dit des choses horribles à mon sujet, il a dit qu'il était deux, lui et...

— Deux quoi ? interrompit Albert.

— Je ne sais pas. C'était incompréhensible. Il a juste dit qu'il ne se supportait plus quand il se regardait.

Albert réfléchit et crut comprendre le problème :

— Difficile de lui donner tort. Il a vraiment une sale tête. Comme tous les directeurs de banque. Tous des coincés. Quelle idée d'épouser ce type !

— Mais il m'aimait à la folie, passionnément. Il ne pouvait pas vivre sans moi, fit Vera qui, depuis longtemps, prenait ses désirs pour la réalité. Nous nous sommes fiancés. Il m'a demandé ma main à Beachy Head et...

— Ouais, figure-toi que je suis au courant, fit-il, pour ne pas avoir à écouter une énième fois l'histoire. Ce que j'aimerais savoir, c'est ce que tu attends de moi, maintenant qu'il perd complètement la boule. Qu'en dit le toubib ?

Vera s'assit à la table de la cuisine et hocha la tête d'un air déprimé.

— Je n'ai pas appelé de docteur. S'il vient et me dit qu'Horace est... que sa tête est malade et qu'il perd son boulot à la banque, qu'est-ce qu'on va devenir ?

— Où se trouve Horace à l'heure qu'il est ?

— En haut, couché. J'ai téléphoné à la banque pour leur dire qu'il avait de la fièvre et qu'il serait absent un ou deux jours. Oh, Albert, je ne sais pas quoi faire !

Elle se tut et contempla le tiroir où se trouvait le fameux couteau.

— La prochaine fois, je ne serai peut-être pas là quand il attaquera Esmond.

— Ça lui est déjà arrivé par le passé ?

— Non.

— Et Esmond, qu'est-ce qu'il en pense ?

— Il m'a juste demandé si son père tournait rond.

— Il n'a donc rien dit pour provoquer Horace ?

— Pas un mot. Il est juste descendu en pyjama voir pourquoi Horace hurlait en prétendant qu'il était lui et un autre. Le pauvre garçon n'a pas eu le temps d'ouvrir la bouche qu'Horace fonçait sur lui avec le couteau à découper. C'était épouvantable.

— Je te crois.

Sauf qu'Albert était bien incapable d'imaginer son beau-frère en train de se déchaîner ainsi ou de demander la main de sa sœur au sommet de Beachy Head dans un élan de passion. Vraiment impossible à croire. Putain, il devait être ivre mort pour s'en prendre à Esmond devant Vera. Même Albert y aurait réfléchi à deux fois avant de se colleter avec sa sœur.

— Je ne vois toujours pas ce que je peux faire. Enfin... Je te conseille de l'empêcher de boire.

— Tu ne crois quand même pas que je le laisse toucher à une bouteille dans la maison ! s'écria Vera, furieuse. Juste un verre de vin à Noël, mais c'est différent.

Une fois de plus, Albert dut changer d'avis sur son beau-frère :

— Tu veux me faire avaler qu'il se beurre dans les pubs ? Horace au bistrot ? Je n'y crois pas. Les directeurs de banque ne mettent pas les pieds dans un bar. Leur religion le leur interdit.

— En tout cas il se soûle quelque part, pour sûr. Il rentre avec une haleine plus puante qu'un tonneau de bière. Et toujours très tard. Il se lève dès l'aube et revient si tard que je dois lui laisser son dîner dans le four. Monte donc lui parler ! Je veux savoir ce qui se passe.

Albert lui céda. Il était peut-être redoutable dans le marché de la voiture d'occasion, mais il n'avait jamais pu tenir tête à sa sœur. Il monta et trouva qu'Horace avait l'air mal en point.

— Salut, salut. Qu'est-ce que c'est que cette histoire ? Tu t'es soûlé et t'as attaqué Esmond avec un couteau ?

M. Burnes se fit tout petit dans son lit. Quand tout allait bien, il ne pouvait pas blairer son beau-frère, et maintenant tout allait mal. Il avait une migraine carabinée et n'avait rien oublié des horreurs de la nuit. Avoir à répondre aux questions d'un type qu'il soupçonnait d'être un criminel et sans doute un chef de gang était la goutte d'eau qui faisait déborder le vase. La visite de l'abattoir en self-service qu'il avait dû faire à contrecœur lui revint soudain en mémoire.

— J'ignore de quoi tu veux parler, dit-il d'une voix faible. Je n'ai pas été bien.

— Ça se voit, Horace, c'est évident, constata Albert en ouvrant les rideaux d'un coup sec.

Horace se réfugia sous les couvertures en gémissant, mais son beau-frère continua comme si de rien n'était. Il se vengeait enfin des années où Horace l'avait traité comme un petit délinquant. Il s'assit lourdement sur le bord du lit et découvrit le visage du malade. Sous les rayons du soleil, Horace se sentit encore plus mal. Même Albert Ponson en fut troublé.

— La vache ! C'est pas seulement une gueule de bois que t'as ! Y a pas de doute.

— Je sais.

— Quand même pas la vérole, hein ? fit Albert avec son esprit tordu.

— La vérole ? répéta Horace sans comprendre.

— Ouais, tu vois. Une bonne vieille chaude-pisse. Une blennorragie, quoi !

— Sûrement pas, fit Horace d'un air indigné et oubliant un instant tous ses maux. Tu me prends pour qui ?

— OK, pas la peine de monter sur tes grands chevaux. C'était juste une question. Ça peut arriver à tout le monde.

— Pas à moi en tout cas.

Horace enfonça la tête dans son oreiller, quelque peu calmé.

Les propos qui suivirent le hérissèrent :

— Je veux juste te conseiller de prendre rendez-vous avec les pompes funèbres. J'ai vu des types en bien meilleure forme, même une fois leur respirateur débranché.

Horace le regarda d'un air mauvais.

— Merci beaucoup pour ton réconfort. Si ça ne t'ennuie pas, je te prierais de redescendre et de me laisser me reposer.

Mais Albert n'était pas prêt à lever le camp :

— Pas possible ! Vera veut savoir ce qui se passe. Tu pars tôt le matin, tu rentres tard le soir en puant l'alcool – t'as un petit coup ou quoi ?

— Un petit coup ? Tu veux dire quoi ?

— Une pouffe, un cageot, tu sais, une pétasse.

— Eh bien tu peux descendre et lui dire que je n'en ai pas. Tu n'y es pas du tout.

Albert le dévisagea, la mine dubitative.

— D'accord, je te crois, même si je suis le seul sur un million. C'est quand même pas la longue maladie ?

— Non, rien de physique. C'est bien pire.

Il cessa de parler. Albert n'était pas le genre de personne à qui on avait envie de se confier. Il serait incapable de comprendre ce que ça représentait d'avoir un fils comme Esmond qui se cachait dans les coins, vous ressemblait, vous imitait en tout point. Un homme prêt à donner une batterie à un neveu dépourvu de sens musical manquait à coup sûr de jugeote.

D'un autre côté, Horace était incapable de s'ouvrir à Vera. Sa dévotion pour Esmond et son insupportable sentimentalité, qu'Horace considérait comme une forme de sadisme ou de violence, rendaient sa confession impossible. S'il avait le malheur de laisser entendre qu'il ne supportait pas son fils, il s'ensuivrait une scène tellement épouvantable que n'importe quelle autre solution était préférable. Albert était suffisamment intimidé par sa sœur pour le comprendre. Horace prit une décision soudaine :

— C'est à cause d'Esmond. Voilà ce qui me met dans un état pareil. Il détruit mon psychisme.

Albert tenta de digérer cet aveu. Le marché de la voiture d'occasion lui avait appris la psychologie, mais le psychisme, ça c'était nouveau.

— Tu veux parler de la batterie ? Ouais, Vera m'a dit ça, mais…

— Non, pas la batterie, ni les gammes au piano. C'est lui…, fit-il en soupirant à fendre l'âme. Tu n'as pas d'enfant, alors tu ignores…

— Oui, Belinda et moi n'avons pas eu le bonheur d'avoir des enfants, répliqua Albert d'un ton sec.

À l'évidence, c'était un sujet délicat.

— Le bonheur ? Quel bonheur ? Tu ne sais pas la chance que tu as.

— Je ne dirais pas ça comme ça. Pendant des années nous avons essayé. Sûrement quelque chose ne va pas avec les intérieurs de Belinda, car, enfer et damnation, c'est pas moi… Enfin, quel est le problème d'Esmond ? Il m'a l'air d'être un beau et solide gaillard.

Horace oublia sa gueule de bois pendant un moment. Il ne lui était jamais venu à l'idée qu'on puisse trouver Esmond beau et solide. Quant au mot « gaillard », il lui parut louche.

— Tu mens ! Il n'est pas beau et pas solide pour un sou. Il est l'image toute crachée de moi à son âge, et je ne le souhaite pas à mon pire ennemi. Je ne le supporte pas et je refuse de revoir sa triste bobine.

Albert Ponson dévisagea Horace. Ses propos étaient difficiles à avaler. Il n'avait jamais apprécié son beau-frère ni compris comment sa sœur avait pu l'épouser, mais il partageait le sentimentalisme primaire de Vera et sa croyance dans les valeurs familiales les plus simples. Pour lui, les pères devaient aimer leurs enfants, ou au moins être fiers d'eux. Kif-kif pour les chats et les chiens. Vous les aimez parce qu'ils vous appartiennent. Raconter qu'on détestait son fils n'était pas seulement désagréable mais contre nature.

— Ce n'est pas gentil de dire ça, Horace. Pas gentil du tout. Esmond est ton fils. Qu'il te ressemble est à la fois normal et dans l'ordre des choses. Ça serait sacrément bizarre si ce n'était pas le cas. Tu vois, si j'avais un fils et qu'il ressemble à quelqu'un d'autre, je ne serais pas content, surtout que je suis souvent absent. Tu piges ?

Horace pigea mais n'en fit pas état. Une idée sensationnelle venait de lui traverser l'esprit. Elle nécessitait la collaboration de son beau-frère, sans que celui-ci s'en doute. Il devrait donc agir avec la plus extrême prudence. Il lui faudrait compter sur son expérience professionnelle. Depuis des années et des années, il avait piégé ses clients en leur faisant accepter des découverts dont ils n'avaient pas besoin alors qu'il refusait des prêts à de petites sociétés pour lesquelles c'était vital.

— D'accord, je ne devrais pas éprouver ce genre de sentiment. Mais je ne peux pas faire autrement. Il me colle, il me singe... On dirait que j'ai un doppelganger.

— Un doppelganger ? répéta Albert pour qui ce mot était aussi incompréhensible que « psychisme ».

Il faut dire que son esprit était limité à l'achat et à la vente de voitures. Il n'avait jamais entendu parler de quelqu'un du nom de doppelganger.

— Un double, quelqu'un qui est toujours avec vous, agit comme vous et dont il est impossible de se débarrasser, expliqua Horace.

Il se tut un instant, l'air particulièrement sinistre.

— Sauf en le tuant, ajouta-t-il.

— Oh, merde !

Albert prit peur. Horace était vraiment fou à lier.

— Tu es en train de me dire que tu veux le tuer ?

— Je ne veux pas. J'y suis contraint. C'est l'enfer de ne pas pouvoir s'éloigner de quelqu'un qui est à la fois son double tout en ne l'étant pas. Si seulement Esmond s'en allait pendant un certain temps et me laissait tranquille, je serais rassuré. Je sais, ce n'est pas gentil d'éprouver cette horrible envie de tuer son fils. Et je dois penser à Vera. Je laisserais tomber la banque et je partirais si c'était la solution, mais je dois l'entretenir et gagner ma vie. Elle a été une épouse si merveilleuse que je ne veux pas la contrarier.

Les propos d'Horace ne cadrent pas avec son envie de meurtre, songea Albert. « Contrarier » Vera est au-dessous de la vérité. Sa réaction serait nettement plus meurtrière. 143, Selhurst Road aurait sa place dans les annales du crime comme Rillington Place, où avait sévi un des plus odieux tueurs en série de l'histoire britannique. Ce ne serait pas bon non plus pour Ponson Voitures d'occasion.

Voyant Albert faiblir, Horace reprit de plus belle :

— Je sais comment procéder. Je serai bien sûr obligé de le faire disparaître entièrement. Pas question d'enterrer certaines parties de son corps dans le jardin ou sous le sol de la cave. Je dissoudrai son cadavre dans de l'acide. J'ai mesuré la citerne d'eau de pluie derrière le garage et il tiendra très bien, avec ses jambes filiformes et tout. J'ai un client à la banque qui vend des produits chimiques et pourra me procurer deux cents litres d'acide nitrique à bon compte.

Albert s'assit au pied du lit, la tête dans les mains, n'écoutant que d'une oreille les divagations de son beau-frère. Tout espoir de retrouver rapidement la tranquillité relative de son bungalow s'évanouit comme neige au soleil.

7

ALBERT REDESCENDIT SACRÉMENT SECOUÉ. Le mépris qu'il ressentait pour son beau-frère s'était changé en haine et en peur. Ce foutu type avait détaillé la façon dont il disposerait du corps d'Esmond avec tant de précision et tant de plaisir qu'il en avait été convaincant. Peut-être qu'Horace Burnes dirigeait une banque, mais il était aussi sur le point de devenir un fou dangereux. Pour accentuer son état de démence, il avait émaillé la description du bain d'acide nitrique de plusieurs remarques sur l'amour qu'il portait à sa femme et le souci qu'il se faisait pour elle.

Albert partageait les angoisses de sa sœur. À l'idée d'entrer dans la cuisine pour lui annoncer que son satané mari avait mesuré la citerne derrière le garage afin d'y plonger leur fils dans deux cents litres d'acide nitrique concentré, il en avait froid dans le dos.

« C'est une grande citerne mais, Esmond une fois dedans, je n'aurai besoin que de deux cents litres, avait précisé Horace. Je pourrai toujours rajouter de l'eau quand son corps sera dissous. Comme il y a un couvercle, personne n'aura l'idée de regarder à l'intérieur. C'est le dernier endroit où chercher, qu'en penses-tu ? »

Albert avait été bien incapable de penser. À peine avait-il pu marmonner à plusieurs reprises :

« Je n'en crois pas mes oreilles. »

Après quoi, tout en hésitant devant la porte de la cuisine, il se tritura fiévreusement les méninges et trouva une solution. Vera ne serait pas contente, mais elle devrait s'y faire. C'était mieux, en tout cas, que de perdre Esmond dans un bain d'acide.

— Je viens d'avoir une longue conversation avec Horace, dit-il. Pour lui éviter une dépression nerveuse, il faut qu'il se repose complètement. Il est évident qu'avoir Esmond tout le temps à la maison fait partie du problème.

— Mais il n'est pas tout le temps à la maison. Il va en classe. Et même s'il était là, ça ne dérangerait pas Horace. Il est à la banque. Ou au pub. Il part tôt le matin et revient ivre mort...

— Je suis au courant, l'interrompit Albert. Mais c'est à cause d'Esmond... c'est un de ses symptômes. Il souffre de... stress.

— De stress ? Quel genre de stress ? Tu ne crois pas que moi aussi je suis stressée, avec un mari alcoolique qui rentre et essaye de tuer mon fils unique avec un couteau à découper ?...

— Je sais, je sais, l'interrompit Albert à nouveau.

Surtout ne pas se laisser entraîner dans une discussion sur les tendances meurtrières d'Horace. Les couteaux à découper étaient de la petite bière comparés aux citernes pleines d'acide.

— Le fait est qu'Horace a besoin...

Il se tut, à la recherche du mot exact :

— Il a besoin d'espace. Il traverse la crise de la quarantaine.

— Tu crois ?

— Ouais, comme qui dirait une ménopause masculine. Tu n'es pas d'accord ?

Vera avait reniflé d'une manière fort déplaisante.

— Ménopause masculine, mon œil ! s'écria-t-elle d'un ton amer. Il l'a depuis que je l'ai épousé. Il n'a pas attendu la quarantaine pour en être atteint. Si tu savais ce que j'ai dû supporter en seize ans. Si seulement tu savais...

Mais Albert n'avait pas la moindre envie de savoir. Il n'avait rien d'une chochotte ou d'un type délicat, mais certains sujets ne l'intéressaient pas. Et en particulier la vie sexuelle de sa sœur.

— Écoute, tu m'as demandé de venir pour discuter avec Horace et arranger les choses et je fais de mon mieux. Je te dis qu'Horace est sur le point de faire une sérieuse dépression nerveuse. Alors, si tu veux qu'il perde son boulot, se retrouve au chômage et reste ici toute la journée à regarder la télé...

Il marqua une pause, une idée lui étant venue à l'esprit :

— Si vous avez encore une télé avec cette avalanche de dettes...

Qu'Horace soit couvert de dettes électrisa Vera, comme Albert l'avait prévu. Elle avait beau être romantique, elle restait une Ponson qui ne crachait pas sur l'argent :

— Mon Dieu ! C'est pire que je pensais. Ne me dis pas qu'en plus d'être devenu maboul il a plein de dettes ? Il a perdu de l'argent au jeu, c'est ça ?

D'abord la picole, ensuite la violence et maintenant ça. Oh ! Albert, qu'est-ce qu'on va devenir ?

Albert sortit un mouchoir et s'épongea le front. En parlant d'argent et de dettes, il savait qu'il allait rendre sa sœur dingue. Maintenant au moins elle allait l'écouter.

— D'abord, il faut qu'il retourne au travail. Ses dettes, ce n'est pas le problème le plus grave, quoiqu'il ait mis tout votre cash en actions et obligations pour je ne sais quelle raison. Enfin, oublions ça. Il paraît que la Bourse est bonne et une fois qu'il retournera à la banque, il pourra s'en occuper. Dans l'immédiat, il a besoin de temps et d'espace loin d'Esmond. Sinon, il est difficile de prédire ce qui risque d'arriver.

— Mais les vacances scolaires débutent à la fin de la semaine. Comment éviter que mon Esmond chéri énerve Horace ? Il est tellement adorable et ne cherche qu'à être utile...

— J'y ai pensé, coupa Albert qui se refusait à entendre la suite de sa litanie à la guimauve. Esmond peut venir m'aider au garage, cela donnera le temps à Horace de se remettre...

Au premier étage, Horace, qui écoutait les murmures de la cuisine, se sentit ravigoté. Cette histoire de citerne avait marché à fond. Albert luimême avait changé de couleur en l'entendant.

8

DANS LE VASTE BUNGALOW DES PONSON où régnait une accumulation de papier mural floqué, de canapés en dralon doré et d'épaisses moquettes roses, où chaque chambre disposait d'une salle de bains et d'un jacuzzi, la nouvelle de l'invasion prochaine d'Esmond Burnes fut mal accueillie.

Belinda Ponson, l'épouse d'Albert, n'avait rien en commun avec sa belle-sœur : elle n'était ni grande, ni bruyante, ni agitée, et certainement pas sentimentale. On la décrivait plutôt comme une femme calme et maniaque – bien qu'elle n'ait pas toujours été ainsi –, surtout pour les tissus d'ameublement. Ce qu'un ado aux baskets boueuses et aux mains grasses feraient à son papier mural et à ses rideaux en dralon, sans parler des moquettes roses, la perturbait d'avance.

— Je ne le laisserai pas salir mon chez-moi, dit-elle à Albert qui devait toujours enlever ses chaussures sur le perron et enfiler des chaussons spéciaux avant d'entrer. Je les connais ces gamins. Ta sœur a pourri gâté son fils, il n'est sûrement pas soigneux. Comme tous les garçons de son âge. Qu'est-ce qui t'a pris de l'inviter sans même me consulter ?

— C'est à cause d'Horace. Il a pété les plombs.

— Je m'en fiche. Il ne t'a jamais rendu service, alors pourquoi tu l'aiderais, j'aimerais bien le savoir.

— Je te dis qu'il a pété les plombs, et ça va empirer si le gosse est dans les parages. Je ne veux pas avoir Vera sur le dos pour le reste de mes jours. Tu la vois habiter ici et se mêlant de tout ?

Belinda ne prit pas la peine de répondre.

— En tout cas, j'interdis à Esmond d'amener ses petites amies ici, de se vautrer avec son jean crado sur mes fauteuils et de flanquer la pagaille dans la maison.

Albert prit une carafe en verre gravé ornée d'une étiquette dorée « Chivas Regal » et se versa une dose généreuse de whisky.

— Il ne porte pas de jean. Il se balade en costume-cravate, tout comme son père. Un truc qui rend Horace fou. Il dit que c'est comme avoir un autre lui à la maison.

— Un autre lui ? N'importe quoi ! C'est quoi cette histoire ?

— C'est un dopple… un double. Une sorte de dédoublement de la personnalité. À voir Horace en ce moment – je parle de sa bobine –, ça doit être horrible d'en avoir deux pour le prix d'un.

— Eh bien moi, je refuse d'avoir un des deux. Ta sœur peut les garder tous les trois.

— Tous les trois ? Tu parles de quoi, nom de Dieu ?

Mais Belinda avait déjà traversé sa cuisine Poggenpohl pour passer ses nerfs sur la machine à laver.

L'équipement de la vie moderne et ses accessoires avaient un effet lénifiant sur Belinda. Ils masquaient ce qu'elle pensait réellement. Mixeur, four à micro-ondes, four à broche tournante, machine à expresso, évier en acier brossé avec robinet d'eau filtrée lui donnaient l'impression d'avoir un but dans l'existence, alors que la vie avec Albert suggérait souvent le contraire.

Albert pouvait avoir une piscine, un bar capitonné de cuir, des tabourets en forme de selles de cow-boy ornées d'éperons, des plaques d'immatriculation et des drapeaux du Far West – et même un autocollant à la gloire du Yellow Rose of Texas à exhiber sur son pare-chocs ; il pouvait faire griller les viandes au barbecue pour épater ses copains et prouver sa virilité – en fait, il pouvait avoir ce qu'il voulait – mais pas disposer de la cuisine de Belinda ni connaître ses pensées intimes. Sa cuisine était sacro-sainte : elle dissimulait d'autres désirs qu'il n'avait toujours pas assouvis.

Belinda Ponson songea à l'arrivée d'Esmond chez elle. S'il était réellement comme son père, portait un costume bleu et une cravate, il pouvait constituer l'antidote à Albert qu'elle espérait depuis longtemps. Albert était trop direct et trop grossier. Et, surtout, il n'avait pas réussi à lui donner ce qu'elle désirait le plus au monde : une petite fille. Un rêve qu'elle nourrissait depuis qu'elle-même était une petite fille entourée de grand-mères, de tantes et de cousines.

Belinda se dérida. Ce gamin servirait peut-être à quelque chose. Devenir son jeune amant, par exemple ? Elle était certaine qu'Albert la trompait depuis des années. L'heure avait sans doute sonné qu'elle se libère de ce type odieux.

Si Esmond ressemblait à son père, il y avait de fortes chances pour qu'il soit timide, docile et influençable. Plus Belinda y pensait, plus l'idée d'avoir Esmond à la maison lui plaisait.

9

AU MÊME MOMENT, Vera Burnes songeait exactement le contraire.

Elle était encore sous le choc de la révélation des dettes qu'Horace avait contractées en jouant à la Bourse. S'il ne se remettait pas de sa dépression nerveuse et ne retournait pas à son bureau pour vendre les actions qu'il détenait, cela pourrait avoir des conséquences dramatiques.

Cela dit, se séparer, même pour peu de temps, d'Esmond, son enfant de l'amour adoré, l'horrifiait. Surtout pour le confier à son chameau de belle-sœur. Si Albert était un type du genre carré, malgré le côté louche de ses affaires, Belinda, elle, n'avait rien de gentil.

— Horace, je te l'ai répété, pas une fois, mais mille fois - et je n'exagère pas -, Belinda est une pisse-froid. Je ne comprends pas ce qu'Albert lui trouve.

Horace comprenait fort bien, mais il garda ses réflexions pour lui. En choisissant une avocate spécialisée dans la propriété foncière, qui était de surcroît une conseillère fiscale, Albert avait fait preuve d'astuce, bien que Belinda se soit retirée de la profession en se mariant. Avec son esprit retors, Horace enviait son beau-frère. De plus, Belinda était une belle femme qui avait gardé la ligne, ce dont Vera avait été incapable. Autre qualité, elle savait la boucler, surtout devant des tiers. Elle demeurait à l'arrière-plan, s'affairait à la cuisine sans monopoliser la conversation comme Vera et Albert.

Les Burnes n'avaient été que rarement invités aux soirées des Ponson et, quand ça s'était produit, Horace n'avait pas apprécié l'atmosphère déchaînée, incompatible avec ses goûts et sa réputation de directeur de banque. Et encore, Albert se vantait de donner des fêtes bien plus osées. Vera était la première choquée par les récits de son frère décrivant des couples folâtrant dans des jacuzzis. Mais Horace la soupçonnait surtout d'être morte de jalousie. Qu'elle accepte donc de laisser Esmond s'installer pour l'été chez les Ponson, voilà qui était surprenant.

Couché, essayant de soigner sa gueule de bois, il lutta contre l'envie de se boucher les oreilles pour ne plus entendre les litanies de Vera. Qu'est-ce qu'Albert lui avait raconté ? Certes, il n'avait pas mentionné la citerne, sinon Vera aurait piqué une crise de tous les diables. Comment avait-il pu la convaincre ? Pour l'instant, elle monologuait, répétant que Belinda était une pisse-froid et qu'elle n'était pas sûre qu'Esmond soit heureux dans l'Essex. Et comment une femme qui n'avait pas eu d'enfants saurait-elle nourrir un garçon en pleine croissance ? D'autant qu'il était tellement difficile pour la nourriture, tellement délicat, et que...

Horace l'écoutait tout en s'efforçant de paraître encore plus atteint qu'il ne l'était. Belinda pouvait faire mourir de faim son horrible fils ou le tyranniser, du moment qu'il restait loin.

— Il me faut du repos, gémit-il, en partie pour répondre à ses pensées secrètes.

Il fut soulagé d'entendre Vera soupirer et, plus surprenant, ne faire aucune objection ni ajouter que s'il rentrait ivre mort à la maison, il n'avait que ce qu'il méritait. Au lieu de ça, elle descendit pour attendre le retour d'Esmond de l'école et lui annoncer qu'oncle Albert et tante Belinda l'avaient gentiment invité à passer ses vacances d'été chez eux.

Pourtant, Vera avait des doutes. Quelque chose ne tournait pas rond. Et ce quelque chose n'avait rien à voir avec l'ivresse d'Horace, ni avec ses retards nocturnes, ni avec son affirmation qu'Esmond était lui. Ni même avec l'idée totalement saugrenue qu'il boursicotait. Ce quelque chose la tracassait.

Assise à la table de la cuisine avec Sackbut étendu à sa place habituelle près du cactus et regardant par la fenêtre, le mystère s'éclaircit petit à petit. Si elle avait raison, alors la conduite d'Horace, aussi étrange et folle fût-elle, était calculée, planifiée et parfaitement sensée. Il avait peut-être une autre femme ou, comme il était écrit dans ses romans, une maîtresse. Tout s'expliquerait : ses nouveaux horaires, son ivrognerie et ses dettes. Ça expliquerait également son attitude odieuse vis-à-vis d'Esmond. Il haïssait son fils, qui lui rappelait sans cesse ses devoirs de père et d'époux. Et bien sûr, cela expliquerait aussi que, vu son peu d'intérêt au lit, c'était à elle de prendre toutes les initiatives.

Tandis que l'atroce vérité faisait son chemin – elle était une femme meurtrie, pire, une femme trahie, sûre que son mari n'était qu'un coureur de jupons –, elle fut envahie de sentiments contradictoires. Son premier réflexe fut de bondir auprès d'Horace, de l'accuser d'infidélité, de le faire avouer. Puis elle se demanda quel effet cela aurait sur son Esmond chéri. Le pauvre trésor risquait d'être traumatisé.

Ce n'était pas un mot qui venait facilement à l'esprit d'une femme dont la vie sentimentale reposait dans sa totalité sur les exploits des mâles du début du XIXe siècle qui pressaient des vierges contre leurs torses virils, se battaient en duel après avoir dansé jusqu'à l'aube, chevauchaient de fougueux coursiers, etc. Ce mot, elle l'avait entendu à la télé et il lui revint soudain.

Elle ne pouvait se permettre de traumatiser Esmond. Il fallait qu'elle fasse son devoir de mère, au prix de ses propres émotions. Pour le moment, elle agirait ainsi. Ce qui ne voulait pas dire qu'elle n'exprimerait pas sa fureur dès qu'Esmond serait parti. Ah ! Elle en aurait des choses à reprocher à Horace...

Un clou chassant l'autre, une nouvelle pensée lui vint à l'esprit : pour déloger Esmond de chez elle, Horace avait fait preuve de roublardise et d'habileté. Ce qu'il avait dit à Albert l'avait tellement choqué que son frère était redescendu bouleversé. Blême comme jamais elle ne l'avait vu. Pourtant il n'était pas facilement impressionnable.

Voilà ! Horace lui avait tout avoué ! Albert avait forcé Horace à tout lui dire sur cette autre femme qui hantait ses rêves. Ou bien Horace s'était vanté d'avoir une maîtresse qui l'épuisait toutes les nuits. Ce qui expliquait ses retards et son peu d'empressement à l'égard de Vera, sa fidèle épouse.

Sous l'effet de la colère, elle faillit se précipiter au chevet d'Horace, mais deux choses la retinrent : ne pas traumatiser Esmond et l'impression qu'elle aurait plus à gagner en faisant mine de n'être au courant de rien. Elle préféra se rendre au jardin et se promener d'un pas tragique parmi les aubriéties roses, les pélargoniums écarlates et les lobélies grimpantes si bleues, si bleues. Là, parmi les plants à repiquer et la pelouse manucurée exempte de mauvaises herbes, elle pleura sans témoin, comme son nouveau rôle l'exigeait.

En vérité, sa tragicomédie eut un témoin. Horace l'observait de la fenêtre de sa chambre avec perplexité. Il était habitué à ses effets de scène et à ses changements d'humeur, mais dans les circonstances présentes il se serait attendu à une réaction plus mélodramatique, voire plus vigoureuse que ce spectacle méditatif et mélancolique. Une femme se lamentant sur son diable d'amant ou, dans le cas présent, une mère se lamentant sur son diable de fils, aurait été plus appropriée. Horace se sentit soudain mal à l'aise. Il aurait donné cher pour savoir ce que cet empoté d'Albert avait pu lui raconter. Il avait dû lui faire une peur bleue pour la plonger dans ce triste état. Il retourna dans son lit et essaya de dormir.

10

QUAND ESMOND RENTRA DE L'ÉCOLE, sa mère avait changé de répertoire. Son rôle précédent n'était pas suffisamment captivant pour durer longtemps et, de plus, elle désirait se montrer gaie et vive pour ne pas traumatiser le cher garçon.

— Papa va beaucoup mieux aujourd'hui, annonça-t-elle en préparant du thé et des toasts au miel. Il a travaillé très dur dernièrement et il a besoin de repos. Évitons de faire du bruit et de le déranger.

— Il y a des années que je ne fais pas de bruit, depuis que j'ai laissé tomber la batterie et les leçons de piano.

— Je sais, mon chéri, tu as été très sage. C'est la faute à ses nerfs qui ne sont pas très... enfin, il est fatigué mentalement.

— Tu veux dire qu'il boit.

Une constatation qui déplut à Vera. Elle ne s'attendait pas à ce que le fils connaisse si bien les problèmes de son père. Elle aurait préféré qu'il ne sache rien.

— Je sais tout, reprit Esmond. Le soir, en descendant du train, il va au Gibbet & Goose et se tape des doubles whiskys.

Vera fut atterrée, moins par ces détails que par le fait que son fils soit au courant.

— Mais non, tu te trompes. Ou alors, ça n'arrive qu'une fois de temps en temps... Et d'abord, comment le sais-tu ?

— Rosie Bitchall me l'a dit. C'est son père le barman.

— Rosie Bitchall ? Cette fille atroce qui est venue à ton dix-huitième anniversaire et qui a disparu avec Richard derrière le canapé ? Tu la vois toujours ?

Vera était maintenant dans tous ses états.

— Elle est dans ma classe et l'année prochaine on va au même collège.

Vera s'arrêta de verser le thé et reposa la théière. La simple déclaration d'Esmond venait de la convaincre. Elle n'avait nullement l'intention d'autoriser son fils à tomber amoureux de cette traînée de Rosie Bitchall qui portait un anneau dans le nez et qui, pour ne pas dire plus, était une moins que rien. D'ailleurs, selon Mme Blewett, elle était bien la fille de sa mère Myrtle. Vera savait ce que cela signifiait : Myrle Bitchall avait été et continuait à être – si la plupart des histoires étaient vraies – bien pire que sa réputation.

— Rosie Bitchall s'est trompée ! Quoi qu'il en soit, changeons de sujet. L'oncle Albert est venu voir Papa ce matin et lui et tante Belinda t'ont invité à rester chez eux le temps qu'il se remette. C'est vraiment gentil de leur part, non ?

— Oui, mais...

Mme Burnes n'était pas d'humeur à entendre des objections :

— Inutile de discuter. Je ne te laisserai pas te déchaîner dans la maison pendant que ton père est couché. Et puis, oncle Albert peut t'apprendre des tas de choses utiles.

— Je n'ai pas envie de devenir marchand de voitures d'occasion, fit Esmond d'un air têtu. Je veux travailler comme papa dans une banque et gagner plein d'argent.

Ce fut la goutte d'eau qui fit déborder le vase. L'attitude de son fils balaya ce qui lui restait de romantisme. Vera préférait qu'Esmond devienne une crapule - certes, une crapule fringante - plutôt qu'un directeur de banque comme Horace.

— Si tu crois... si tu crois que ton père gagne une fortune... eh bien, sache qu'Albert gagne quatre fois plus que lui. L'oncle Albert a beaucoup d'argent. Alors qu'à ma connaissance les directeurs de banque ne deviennent jamais riches.

Elle se tut, à la recherche d'un autre argument :

— En plus, ton oncle te donnera un certificat de travail. L'autre jour encore, on disait que les jeunes avaient besoin d'expérience. Il n'y a pas plus utile.

Pas de quoi persuader Esmond. Coincé entre l'adoration publique de sa mère et la haine de son père, haine qui avait conduit ce dernier à tenter de le poignarder sous l'emprise de la boisson, il allait maintenant être soumis à l'autorité de l'oncle Albert. Qui pouvait se montrer aussi pénible que sa mère. Qui, ainsi que son père le lui avait souvent répété, était un marchand véreux qui n'avait pas peur de transformer deux épaves vouées à la casse en une seule voiture qu'il revendait ensuite comme un véhicule de première main. De plus, il vivait dans l'Essex.

En tout cas, il avait suffi qu'il mentionne le nom de Rosie Bitchall pour que sa mère monte sur ses grands chevaux. Qu'elle le croie amoureux de Rosie lui donnait la nausée. Cette horrible fille ne l'intéressait pas du tout. En fait, il était le seul de ses copains que les histoires de sexe dégoûtaient.

Pour Esmond, ce tête-à-tête avec sa mère agit comme un choc électrique. La seule chose positive de ces dernières vingt-quatre heures avait été la nécessité de songer à des choses importantes et, en priorité, à l'obligation de ne pas ressembler à ses géniteurs. Après des années passées à faire de son mieux pour répondre aux espoirs contradictoires de ses parents et arriver à un résultat totalement négatif, il décida d'être lui-même. Tout en ne sachant que très vaguement qui il était. Plus jeune, il avait été en proie à des pulsions temporaires incontrôlables. Un jour, il rêvait de devenir un grand poète : l'amour de sa mère pour *« The Splendour Falls on Castle Walls »* de Tennyson et le fait qu'enfant elle le gavait de *Rupert l'Ours* lui avaient donné la fâcheuse habitude de scander les vers et de trouver des rimes à tout bout de champ. Mais quelques secondes plus tard, oubliant la poésie, il décidait qu'il conduirait des bulldozers, écrasant des haies et détruisant tout sur son passage. Un soir, il avait vu à la télévision une équipe de démolition qui abattait une immense cheminée d'usine en enlevant des briques de sa base et en les remplaçant par du bois auquel elle avait mis le feu. Du coup, devenir un expert en démolition l'avait attiré. C'était quelque chose qui résonnait en lui un peu comme la batterie, l'expression de sa violence intérieure et le désir irrésistible de s'imposer. Hélas, à peine avait-il atteint cette perception de soi qu'il avait compris qu'il avait été mis au monde pour faire des choses plus importantes et constructives que de dynamiter des cheminées et détruire ce qui se trouvait sur son passage.

Et voilà que soudain devenir directeur de banque avait perdu son charme. S'il devait se lever à six heures du matin et rentrer ivre à neuf heures du soir pour gagner moins que l'oncle Albert, cela ne lui disait plus rien. L'avenir lui réservait sûrement mieux que ça.

Pour la première fois de sa vie, Esmond venait de penser par lui-même.

11

À LA FIN DE LA SEMAINE, après des nuits d'insomnie, Vera conduisit Esmond chez son frère, près de Colchester. En chemin, elle ne cessa de lui répéter l'importance de se tenir bien et de ne pas dire à tante Belinda que Papa s'était soûlé et qu'il avait tenté de le poignarder.

— Ça doit rester entre nous. Papa est très stressé depuis un certain temps. Et ne t'avise pas de leur raconter qu'il a fait une dépression nerveuse. Moins on en parle et plus vite il guérira.

Esmond promit de rester bouche cousue, mais n'en pensa pas moins.

Ses pensées concernaient surtout la perspective de vivre sous le même toit que tante Belinda. Ce matin, il avait entendu son père dire que, même s'il désapprouvait la vulgarité de l'oncle Albert et son trafic de voitures, il le trouvait plutôt humain, ce qui n'était pas le cas de sa putain de virago de femme. Esmond n'avait jamais entendu Horace proférer un gros mot et, comme il ignorait le sens de « virago », il avait été chercher dans le dictionnaire. Depuis, il n'avait plus aucune envie d'habiter chez elle.

M. Burnes l'avait également traitée de harpie et de mégère. Une fois de plus, Esmond dut plonger dans le dictionnaire. Il en ressortit avec une image encore plus atroce de tante Belinda, d'autant que sa mère lui avait déclaré que pour une fois le jugement de son père était exact. Pourtant, d'après le peu qu'il en avait vu lors des rares visites des Ponson, elle lui avait paru assez belle, quoiqu'un peu hautaine et réservée.

Bref, le trajet en voiture n'eut rien pour rassurer Esmond sur son avenir, s'il en avait un – ce qui semblait de plus en plus incertain. Mme Burnes, derrière un volant, était au mieux imprévisible. Ce jour-là, sa conduite fut franchement mortelle, en partie en raison de la perte temporaire de son fils et, à un degré moindre, parce qu'elle était persuadée qu'Horace était un meurtrier et un coureur de jupons destiné à l'asile. Ce matin, elle était descendue dans la cuisine, où son mari était en train d'aiguiser des couteaux à découper jusqu'à ce qu'ils soient aussi affûtés que des coupe-choux. Après le petit déjeuner, qui s'était déroulé dans un silence pesant, elle le surprit dans la salle de bains, le visage barbouillé de mousse et prêt à se raser avec le couteau réservé aux rôtis des dimanche et fêtes. Elle réussit à le lui enlever, non sans s'être blessée dans la bagarre. Après quoi, épouvantée par son expression réjouie et son rire dément, elle l'avait bouclé à double tour dans leur chambre.

Les nuits précédentes, elle l'avait également enfermé à clé et avait pris la précaution de coucher dans la chambre d'amis, d'où elle l'entendait arpenter la pièce en riant comme un fou. Du coup, elle manquait de sommeil et s'endormait souvent à la table de la cuisine après avoir préparé le petit déjeuner d'Esmond, lui avoir donné de l'argent pour son déjeuner et fait promettre de ne pas rentrer avant sept heures le soir. Conséquence de cet état de semi-somnolence : elle ne fut plus capable de lire ses chers romans. Quitter la maison le temps de faire quelques emplettes avait même été risqué. Le jeudi précédent, en rentrant chez elle après un bref passage à l'épicerie du coin, elle avait trouvé le laveur de carreaux s'activant au premier étage et Horace, toujours en pyjama, à côté de l'échelle qui était tombée au sol. Il inspectait la citerne d'eau derrière la maison sans prêter attention aux demandes répétées du laveur de carreaux qui voulait récupérer son échelle pour pouvoir redescendre et continuer son travail.

— Bon Dieu ! cria-t-il à Vera, dites à votre mari de me donner mon échelle. Je suis coincé dans votre chambre depuis trois quarts d'heure et j'ai encore quinze maisons. Ce sale type...

Vera se saisit d'Horace et le traîna jusqu'au premier. Elle ouvrit la porte fermée à clé, libéra le laveur de carreaux et fourra son mari dans la chambre. Sa tâche accomplie, elle se prépara ce qu'elle aurait appelé dans des circonstances normales « une bonne tasse de thé », et s'assit pour réfléchir. Au moins, Esmond partait chez les Ponson, et il lui faudrait... Non, elle ne laisserait pas un psychiatre s'approcher d'Horace. Il perdrait son boulot si on l'envoyait chez les dingos ou si on apprenait qu'il souffrait d'une dépression nerveuse. En termes politiquement corrects, elle se serait exprimée autrement, mais dans le cas d'Horace ce n'était que trop vrai : il était dingo !

Ces pensées s'agitant dans sa tête, il ne fut guère surprenant que sa conduite fût encore plus imprévisible que d'habitude, jetant Esmond dans un état d'épuisement mental achevé et de terreur totale.

En arrivant à destination, il était à peu près muet. L'oncle Albert les accueillit avec une fausse bonhomie. À l'arrière-plan, Belinda se montra nettement moins enthousiaste. Au bout d'un moment elle leur proposa une tasse de thé, du bout des lèvres.

— Entrez donc et faites comme chez vous, leur dit Albert, mais Vera était trop contrariée pour accepter.

— Il faut que je retourne dare-dare auprès de ce pauvre Horace. Il est dans un état effroyable.

Elle serra son Esmond contre son ample poitrine et éclata en sanglots. Puis, s'arrachant à lui et l'embrassant, ô horreur ! sur la bouche, elle tourna le dos à son enfant chéri. Quelques instants plus tard, elle reprit la route de Croydon pour retrouver son mari frappé de démence.

12

EN L'ABSENCE DE VERA, Horace venait de passer une merveilleuse journée. L'idée de confier son fils chéri à l'atroce Belinda l'avait tellement tourneboulée qu'elle avait oublié de retirer la clé de la serrure de la chambre. Horace en profita pour glisser une page de journal sous la porte, la faire tomber dessus et la récupérer. Cinq minutes plus tard, il trouva son rasoir dans la salle de bains où Vera l'avait caché. Il se rasa, enfila son plus beau costume, mit quelques affaires dans une valise et sortit de la maison, le sourire aux lèvres.

Mieux qu'un sourire, c'était un air de triomphe. Pour la première fois depuis son mariage, Horace Burnes eut l'impression d'être libre, d'être un homme neuf, enfin débarrassé de l'horrible sentimentalité que sa fichue épouse lui avait imposée.

Une semaine à rester couché en faisant semblant d'être fou, à marcher la nuit en riant comme un dément lorsqu'il pensait que Vera l'écoutait lui avait donné le temps de réfléchir. Finalement, il avait décidé que la coupe était pleine. Il en avait fini avec la vie conjugale, la famille de Vera et son animal de fils d'une sournoiserie rare. Il ne retournerait pas à la banque. Dégagé de ses responsabilités, il n'avait plus besoin de son salaire. Depuis des années, il avait placé de l'argent dans un fonds de pension privé et des sommes encore plus importantes gagnées en Bourse sur un compte numéroté en Suisse. Sans en dire un mot à sa damnée épouse. Désormais, elle n'avait qu'à se débrouiller toute seule et s'occuper de son fils.

Horace descendit Selhurst Road et, passant devant le Swan & Sugar Loaf, un pub qu'en général il ne fréquentait pas et où il serait incognito, il s'y arrêta et se commanda un grand whisky pour célébrer l'événement.

Horace alla déguster son verre dans un coin discret en songeant à sa prochaine manœuvre. Ce serait une action décisive. Partir pour l'étranger lui parut évident car Vera n'y penserait pas. Elle avait une vraie trouille de l'avion, et lui-même, jusqu'à cet instant précis, n'avait jamais été très chaud à l'idée de voler. Mais maintenant qu'il était libre, un homme nouveau, les moyens de transport étaient secondaires. L'important était de partir le plus loin possible.

Comme ils avaient peur de l'avion, les Burnes n'étaient jamais allés à l'étranger et Horace se rendit compte qu'il lui fallait de toute urgence se procurer un passeport, mais il ignorait tout des démarches à entreprendre. Il avait le sentiment accablant qu'il lui faudrait remplir des tas de formulaires, faire authentifier et signer des photos de lui par des médecins ou des collègues de la banque. Il se rappela qu'en raison de son poste officiel il avait dû certifier la photo d'un certain Jenkins, un assistant à l'air louche, qui allait à

Amsterdam enterrer sa vie de garçon. De plus, il lui serait difficile de se faire tirer le portrait dans les plus brefs délais : le bureau de poste qui disposait d'un photomaton était fermé le samedi après-midi.

Découragé par cette première contrainte, Horace retrouva le sourire quand une nouvelle idée lui traversa l'esprit. Il termina son verre, se rendit à la banque, ouvrit la porte et débrancha l'alarme avant d'entrer. Il referma à clé et ouvrit le coffre contenant les documents personnels des clients. Pendant une heure il feuilleta les divers testaments et dernières volontés, les anciens emprunts garantis, les lettres d'amour jaunies conservées dans les coffres personnels avant de trouver un passeport dont la photo lui ressemblait vaguement. Ce n'était pas l'idéal. Il était établi au nom d'un certain Ludwig Jansens, né soixante-dix ans plus tôt à Jelgava, mais les derniers événements avaient vieilli Horace et, s'il n'y avait pas trop de lumière, ça devrait passer.

Sa tâche terminée, il referma la porte du coffre, rebrancha l'alarme et marcha jusqu'à un arrêt de bus qui l'amena à la gare d'East Road. Deux heures plus tard, il eut le plaisir de s'installer dans un luxueux hôtel du centre de Londres sous sa nouvelle identité. Désormais, il allait mener la grande vie, loin du train-train de Vera.

Horace s'offrit un délicieux dîner et se soûla gaiement pour fêter sa liberté.

Le lendemain, il prit son petit déjeuner dans sa chambre en songeant à la façon de quitter l'Angleterre sans laisser de trace de son ultime destination. Ce serait l'Europe. Son passeport lui permettait de se rendre aux États-Unis, mais son départ serait consigné.

Il serait relativement en sécurité dans l'Union européenne. On passait librement d'Italie en France ou en Allemagne sans avoir à montrer patte blanche.

Horace ignorait encore où il irait se cacher pour échapper à l'horrible femme qu'il avait eu la folie d'épouser. Et à ce fils qui était évidemment de lui, dont la ressemblance parfaite l'avait mené à l'ivrognerie et au seuil de la démence. En réglant sa note, il eut une inspiration. Un article de journal posé sur une table mentionnait que la Lettonie faisait partie de l'Union européenne. C'était le destin. Pourquoi n'y avait-il pas pensé en voyant le passeport de ce Ludwig Jansens ? L'affaire était entendue. Il se rendrait d'abord en Pologne, puis en Allemagne ou ailleurs, pour effacer toute trace de son passage.

Horace régla sa note en espèces puis s'arrêta dans une agence de voyages où il raconta qu'il avait la phobie de l'avion et voulait aller en Lettonie par bateau.

— Il n'existe pas de paquebots pour cette destination, répondit le préposé. Seulement des cargos qui prennent des passagers.

— Mais pourquoi les appelle-t-on des tramps ?

— Sans doute parce qu'ils sont lents. Et je dois vous prévenir que le confort ne mérite pas une carte postale.

Horace fut tenté de répliquer qu'il n'avait pas l'intention d'envoyer de carte postale chez lui, mais s'en abstint. Il réserva une cabine, paya et sortit dans la rue avec son billet. À sa plus grande joie, le préposé n'avait jeté qu'un coup d'œil discret sur son passeport et avait mal orthographié son nom. Les choses démarraient bien.

13

SI HORACE ÉTAIT HEUREUX, Vera se trouvait au fond du gouffre. Dire qu'elle était malheureuse serait un euphémisme. De toute sa vie elle ne s'était jamais sentie aussi déprimée, et bien sûr c'était la faute d'Horace. S'il n'avait pas perdu la boule, elle n'aurait pas été obligée d'envoyer son cher enfant de l'amour chez l'abominable Belinda. Elle n'avait jamais aimé cette femme et, bien avant son mariage, elle avait prévenu Albert qu'il était tombé sur une croqueuse de diamants, une fille dure et amère qui le traiterait comme un moins que rien. Mais il ne l'avait pas écoutée et on voyait le résultat : elle le menait par le bout du nez, au point, lui avait-il avoué, qu'en rentrant de son travail il devait enlever ses chaussures pour ne pas salir la moquette.

Le temps de se colleter avec les embouteillages de fin d'après-midi et de récolter des « avance donc espèce de conne ! » à foison, Vera arriva chez elle éreintée, physique et moral également atteints. Elle se laissa tomber sur une chaise de la cuisine, posa la tête sur la table et éclata en sanglots. Là-dessus elle s'endormit, ne se réveillant que deux heures plus tard dans l'obscurité.

Vera alluma, hésita à monter voir Horace puis y renonça. Tout était sa faute. S'il ne s'était pas mis à boire, rien ne serait arrivé. Il n'avait pas besoin de dîner. Et, s'il ne tenait qu'à elle, il se passerait aussi de petit déjeuner. À cause de cet horrible type, de ce sale bonhomme, son fils adoré avait quitté la maison.

Vera manquait d'appétit mais pas question de se laisser aller. Elle ouvrit une boîte de haricots en sauce, fit griller des toasts et, après les avoir mangés, monta se coucher.

Juste avant de s'endormir, elle remarqua que la lampe de chevet n'était pas allumée dans la chambre d'Horace. Oh, il devait dormir. De toute façon, elle s'en fichait pas mal. Elle ne songeait qu'à son fils adoré.

14

ELLE AURAIT PU SE RELAXER. Esmond passait un excellent moment. Belinda s'était montrée bien plus sympathique qu'il ne s'y attendait.

Peu après son arrivée, elle insista pour qu'il enlève son costume bleu et enfile quelque chose de plus confortable – mais comme il n'avait pas de vêtements de sport, elle lui prêta un des pantalons de jogging d'Albert. Avec la chemise et la cravate d'Esmond, l'ensemble était bizarre mais le garçon dut admettre que c'était très confortable.

Puis Belinda lui montra comment utiliser le jacuzzi. Il n'en avait jamais vu et trouva ça épatant, bien qu'il fût un peu gêné lorsque tante Belinda entreprit de se déshabiller allégrement et entra dans le bain pour une démonstration complète. D'un ton poli, il déclina l'invitation de l'y rejoindre.

En fait, tout dans le bungalow lui parut formidable et ultramoderne. Sa chambre possédait une télévision et même une petite machine à expresso. À l'extérieur, il y avait une grande piscine en forme de haricot. En résumé, il n'avait jamais rien vu d'aussi luxueux que

Ponson Place et trouvait le mobilier du 143, Selhurst Road bien terne en comparaison.

Revenant au salon en compagnie d'une Belinda encore mouillée, Esmond décida qu'il allait se plaire chez les Ponson. L'oncle Albert venait de se verser un grand whisky.

— Tu prends un verre ? C'est quoi, ton poison favori ?

Esmond hésita. Il ne connaissait pas cette expression.

— Poison ?

— Qu'est-ce que tu veux boire, mon garçon ?

— Oh, juste un coca.

— J'en ai pas. Essaye donc un bon malt.

Sans attendre sa réponse, il lui tendit un verre à moitié rempli d'un breuvage brun provenant d'une bouteille dont l'étiquette portait le nom « Glenmorangie ». Esmond regarda la date sur l'étiquette bien abîmée : « Plus de vingt ans d'âge », était-il indiqué.

— Tu es sûr que c'est encore bon ? demanda-t-il, suspicieux. Il y a longtemps que ça doit être périmé.

— Périmé ? Ton père ne t'a donc rien appris sur les whiskys ? Pourtant, il en boit suffisamment.

— Bien trop. D'ailleurs il est tombé malade.

Albert garda pour lui la vraie raison du piteux état d'Horace. Voyant que Belinda faisait de l'œil à cette nouille d'Esmond, il commença à comprendre l'attitude de son beau-frère qui, presque du jour au lendemain, s'était transformé de buveur modéré en ivrogne. Plus surprenant encore, il avait tramé de tuer, démembrer, dissoudre son fils dans l'acide nitrique, ce qui était un peu fort, même en considérant l'imbécillité d'Esmond.

Tandis que celui-ci sirotait son whisky en précisant qu'en fait il n'aimait pas trop ça, Albert eut comme une lueur : ce jeune idiot était exactement comme son père, ou plutôt comme son père avait été à son âge. Albert n'avait jamais compris comment Vera avait pu épouser un type aussi coincé et aussi barbant. À l'époque, il l'avait traitée de débile mais elle restait un mystère pour lui. Adolescente, elle était toujours plongée dans des romans à l'eau de rose alors qu'il n'avait jamais été captivé par la lecture. Les seuls ouvrages reliés qui l'intéressaient étaient ses livres de comptes.

Albert avait quitté l'école le plus tôt possible et, grâce à cette nature criminelle qui horrifiait tellement Horace, il avait amassé « un joli magot ». Bien des gens auraient aimé en connaître le montant, mais c'était un secret bien gardé. Officiellement, il déclarait juste assez pour satisfaire le fisc. Cependant, quelques inspecteurs des impôts n'avaient pas renoncé à le coincer pour évasion fiscale. Son comptable, choisi pour sa réputation d'homme honnête et intègre, n'avait aucune idée des revenus réels de son client – ou comment il arrivait à vivre sur un tel pied en ne déclarant que des subsides aussi modestes.

Quand on l'interrogeait sur son standing, Albert n'avait pas honte d'avouer qu'il s'était marié pour l'argent et, bizarre mais vrai, ce n'était pas très éloigné de la vérité. Pourtant, si on les examinait de près, les revenus de Belinda étaient nuls et ce qu'elle possédait en banque provenait d'un compte d'Albert.

Pour étrange que ce fût, c'était en ce moment sans importance. Albert creusait son esprit retors pour déterminer la meilleure manière d'utiliser ce jeune crétin, avec son air et son costume-de-directeur-de-banque-en-herbe. Il n'allait pas le laisser paresser à la maison en compagnie de Belinda dans son humeur actuelle. Depuis quelque temps, elle se conduisait d'une façon bizarre – il s'était vaguement demandé si c'était la ménopause, mais elle était encore trop jeune.

Non, s'ils devaient se coltiner le gamin pendant un bon bout de temps, ce qui était plus que probable, il allait le faire travailler dans une de ses affaires. Mais d'abord, il fallait voir ce qu'il avait dans le ventre. L'initier aux plaisirs de l'alcool semblait un bon début.

15

DANS SA CUISINE, Belinda était loin de songer aux prouesses des jeunes amants. Elle se demandait ce qui l'avait poussée à abandonner sa maison pour ce bungalow de l'Essex, une région plate où la vie était monotone, où seul l'argent comptait, où tous les amis d'Albert étaient des escrocs.

Belinda avait déjà eu des crises de cafard. Elle les avait surmontées en se répétant qu'elle disposait de ce dont toute maîtresse de maison moderne pouvait rêver et n'avait aucun souci financier à se faire jusqu'à la fin de sa vie. Elle avait joué son rôle à la perfection, mais récemment il lui était apparu que ce n'était justement qu'un rôle dans une pièce ennuyeuse et souvent tape-à-l'œil, pour ne pas dire sordide, et n'ayant rien à voir avec sa personnalité. À l'opposé de son atroce belle-sœur, Vera Burnes, qui, si toutefois elle en avait une, vivait dans un monde imaginaire, mélange de sentimentalité écœurante et de franche stupidité.

De plus, Belinda voyait bien qu'elle n'avait aucune autorité dans ce mariage qu'elle regrettait amèrement – comme elle regrettait également cette perte de pouvoir. Mais elle entretenait l'horrible décor qu'elle faisait mine d'aimer, obligeait Albert à enlever ses chaussures quand il entrait dans son bijou de maison et se conduisait en général comme la reine des lieux. Les signes extérieurs de son existence conjugale – meubles modernes et gadgets aussi onéreux que rarement utilisés – lui prouvaient qu'elle n'avait pas perdu toute dignité et lui permettaient de cacher ses sentiments à Albert. Elle rêvait de tout son cœur de quitter cet endroit et les odieux amis de son mari, de retourner dans son vrai foyer, la maison où elle avait grandi, où elle était aimée et respectée.

Belinda acheva de préparer le dîner et se rendit dans le salon. La scène qui l'accueillit confirma les sombres pensées qu'elle avait ruminées dans la cuisine : Esmond était couché par terre. Après avoir ingurgité une demi-douzaine de whiskys différents et deux verres d'un cognac mortel généreusement servis par son oncle, il avait vomi, d'abord sur sa cravate et sa chemise puis sur la moquette. Albert, qui avait picolé sec en prévision de la scène que sa femme ne manquerait pas de lui faire quand elle entrerait, était avachi dans un fauteuil et ricanait comme un fou en considérant les dégâts qu'il avait causés.

— Pouvait pas tenir l'alcool, dit-il en mangeant ses mots. J'voulais lui a-apprendre... la diffé-rence entre... un bon malt et... ta salo-perie de... cognac fran...çais ! Waterloo ! Il a pas tenu ! Pas tenu !

Il ricana de nouveau et tendit la main vers la bouteille à côté de son fauteuil. Mais Belinda avait été la plus rapide, et de toute façon elle était vide.

— Pauvre idiot ! cria-t-elle avant de se pencher pour tâter le pouls d'Esmond.

Il ne battait que faiblement. Elle se redressa et secoua Albert qui s'était endormi.

— T'es vraiment qu'un crétin ! Je vais appeler une ambulance.

Albert se réveilla et la regarda en roulant de gros yeux :

— Pourquoi ? J'ai pas besoin d'une putain... d'ambl... d'amblance !

Belinda lui jeta un regard haineux. Ça faisait longtemps qu'Albert n'avait pas atteint cet état d'ébriété.

— Cette fois tu as exagéré ! Soûler ce gamin à mort ! Et je dis bien à mort, car ça ne va pas tarder.

Elle se tut pour qu'il ait le temps de comprendre la situation.

— Il a besoin de voir un médecin, et vite, reprit-elle. Si tu ne me crois pas, va tâter son pouls.

Albert réussit à se lever pour retomber immédiatement à genoux – dans le vomi d'Esmond. Il jura et attrapa le bras de son neveu.

— J'trouve pas de pouls, gémit-il. Il n'en a pas.

Un instant, Belinda songea à lui faire remarquer qu'il ne devait pas chercher au-dessus du coude, mais y renonça. Si elle laissait croire à ce porc qu'il avait tué Esmond, elle l'aurait à sa merci. Quand il songerait à la réaction de sa sœur apprenant qu'il avait tué son fils unique en le forçant à boire des quantités de whisky et de cognac, il n'aurait plus un poil de sec.

— Je t'ai prévenu. Je t'ai dit que tu l'avais soûlé à mort. Et tu vas te débrouiller comment ? Vera va t'écorcher vif. En prenant son temps.

Albert geignit et vomit à son tour. Belinda n'avait pas tort en prévoyant la réaction de Vera. Y penser lui était insupportable.

Pendant ce temps, Belinda réfléchissait à toute allure. Une idée extraordinaire lui vint, l'apogée de son monologue muet dans la cuisine.

— Tu n'as plus qu'à le conduire à l'hôpital, dit-elle en préparant son piège. Tu leur diras que tu l'as trouvé au bord de la route. Comme ça, sa mère ne saura pas que tu l'as tué.

Albert la dévisagea d'un œil vitreux.

— Je ne l'ai pas tué. Il s'est soûlé lui-même à mort. Il est comme son satané père. Et j'emmènerai personne nulle part. Je peux à peine me lever, j'vais pas conduire. J'ai dépassé la dose. Tu voudrais pas qu'on m'enlève mon permis ? Emmène-le. Va, Belinda chérie, fais ça pour moi !

Belinda sourit. Il avait mordu à l'hameçon et même avalé la ligne et le plomb ! Cet idiot perdrait beaucoup plus que son permis avant la fin de la nuit. Abandonnant Albert sur la moquette parmi les vomissures, elle traîna Esmond à travers la cuisine et le garage jusqu'à l'Aston Martin, la voiture à laquelle Albert tenait comme à la prunelle de ses yeux. Elle s'arrêta pour reprendre son souffle avant d'enfourner le cher trésor de Vera sur le siège avant, boucla la ceinture de sécurité et referma la capote.

Belinda hésita un instant. Avait-elle besoin d'emporter quelque chose ? Elle avait tout ce qu'il lui fallait ... sauf de l'argent.

Retournant dans la maison, elle ouvrit doucement la porte du salon, jeta un bref coup d'œil à Albert qui ronflait par terre, puis referma la porte à clé. Dans la chambre à coucher, elle détacha un coin de l'épaisse moquette en dralon et souleva une planche en bois qui masquait le coffre-fort. Après avoir composé le code, elle retira cinquante mille livres en billets usagés qu'Albert avait cachés. Puis elle changea le code de la serrure électronique, ce qui lui interdirait l'accès au coffre.

De retour dans la cuisine, elle fit chauffer de l'eau et du lait et alla chercher deux thermos. Dans l'une, elle versa plusieurs cuillérées de café en poudre, dans l'autre du Nesquik et des somnifères destinés à Esmond si jamais il émergeait de son coma alcoolique. Elle n'y croyait guère mais ne voulait pas prendre de risques.

Quand Belinda s'éloigna du bungalow – et de l'Essex –, rien n'indiquait qu'elle partait pour toujours. À son côté, Esmond Burnes, enveloppé dans une couverture, demeurait aux abonnés absents. Il passerait la nuit à dormir et se réveillerait avec une gueule de bois carabinée dans un lieu qui dépassait ses rêves les plus fous.

Albert également. Elle avait posé une bouteille de Chivas Regal par terre, près de lui, sachant qu'il en boirait un coup pour se donner du courage. Demain matin, son état serait trop atroce pour être décrit. Elle sourit à cette perspective.

16

DANS SA CHAMBRE D'HÔTEL, Horace était pompette et heureux. Il avait fêté l'acquisition de son passage en bateau en dînant magnifiquement et en buvant plus d'une bouteille de champagne. Couché sur son lit, il tentait de décider quelle serait l'étape qui suivrait la Lettonie. Il était à peu près certain que grâce à ses tours et détours et à divers subterfuges il brouillerait sa piste mais, connaissant l'obstination de Vera quand elle s'était mis quelque chose en tête, il serait vital qu'il visite encore deux pays après la Lettonie.

Il fallait qu'il se rende dans des endroits où personne n'aurait l'idée d'aller le chercher. Il avait songé à la Finlande, avant de l'éliminer à cause du climat glacial. La Norvège et la Suède étaient également à écarter. Tout comme l'Espagne. Ce qu'il avait vu de Benidorm à la télé l'avait dégoûté de ce pays, et quant à la Costa del Sol, elle avait amplement mérité son surnom de Costa du Crime, vu le nombre d'escrocs anglais qui y possédaient des maisons. La France ne l'attirait pas non plus. D'abord, c'était trop proche de l'Angleterre. Et puis, il appartenait à une génération qui avait été élevée dans le mépris des

Français et dans la conviction que l'adultère était le passe-temps favori de toute la population de cette pernicieuse nation. Or, aux yeux d'Horace, une vie entière d'abstinence ne suffirait pas pour oublier les exigences sexuelles de Vera.

En fait, aucun pays d'Europe ne l'attirait. Il lui fallait trouver un endroit totalement différent de l'Angleterre qu'il connaissait et de la vie qu'il avait été obligé de mener depuis son mariage. Finalement, incapable de prendre une décision, il termina le champagne et s'endormit.

17

VERA BURNES NE TROUVAIT PAS LE SOMMEIL. Elle était malheureuse d'avoir confié son cher enfant de l'amour aux Ponson et, avec une perspicacité tout à fait inhabituelle, elle se rendait compte qu'ils allaient le pervertir. Tout était la faute d'Horace. Pour la première fois de sa vie, Vera perdit confiance dans le monde imaginaire fait de littérature de bas étage dans lequel elle marinait depuis tant d'années. Il lui restait un seul espoir : qu'Horace recouvre ses esprits pour permettre à Esmond de rentrer le plus tôt possible. En attendant, elle réduirait son mari à la portion congrue et le laisserait souffrir. Elle ne s'était pas embêtée à lui préparer son dîner et fut tentée de le priver de petit déjeuner. Elle lui apprendrait à boire au point d'avoir une dépression nerveuse. Et s'il n'était pas content, qu'il divorce. Elle s'en fichait. Elle ne se faisait plus aucune illusion à son sujet.

18

À PEINE BELINDA PONSON eut-elle quitté le garage qu'elle se rendit compte de son erreur en partant avec l'Aston Martin. C'était une voiture bien trop tape-à-l'œil pour ce qu'elle voulait faire. Elle alla donc au parking du garage de voitures d'occasion d'Albert, prit les clés d'une Ford et réussit à transférer Esmond, toujours comateux, sur la banquette arrière. Comme il y avait là plusieurs véhicules similaires, on ne s'apercevrait pas tout de suite de sa disparition. Pour brouiller davantage les pistes, elle abandonna l'Aston Martin sur le parking de l'hôpital et revint à pied au garage.

Esmond n'avait pas bougé. Il était dix heures quarante-cinq du soir et un long parcours l'attendait. Elle dressa son plan de bataille. Elle emprunterait les voies secondaires pour éviter les caméras de l'autoroute et prendrait des itinéraires campagnards. Cela rallongerait le trajet mais c'était plus prudent. Personne, surtout pas Albert, ne devait connaître sa destination. Elle conduisit donc toute la nuit sans se fatiguer et en respectant les limitations de vitesse.

Au moment où la vieille Ford atteignit le sommet d'une longue descente, le ciel commençait à s'éclaircir à l'est et l'aube était sur le point de se lever. Belinda coupa le moteur et resta immobile, attendant de pouvoir distinguer le paysage à ses pieds. Il était aussi morne qu'à l'époque de ses vacances scolaires. Dans ce temps-là, elle avait été heureuse et une bouffée de ce bonheur la submergea. Rien n'avait changé. Au loin, Grope Hall émergeait de la pénombre. À sa façon, elle rentrait chez elle.

19

BIEN PLUS AU SUD, Albert passa une partie de la nuit sur la moquette malodorante, puis, ayant découvert qu'il ne pouvait ouvrir la porte du salon et que les clés de la maison avaient mystérieusement disparu de sa poche, il s'allongea en chien de fusil sur un canapé en dralon en s'envoyant des gorgées du Chivas Regal qu'il avait trouvé près de lui. À quatre heures du matin, il aurait donné n'importe quoi pour retrouver son lit, et surtout pour aller soulager sa vessie.

— Belinda ! cria-t-il à plusieurs reprises d'une voix d'ivrogne, Belinda, espèce de garce, laisse-moi sortir.

Finalement, vu l'impossibilité d'ouvrir les fenêtres blindées à triple vitrage, il balança deux bouteilles de whisky vides dans leur direction en les ratant, injuria Belinda plusieurs fois et, pour ne rien arranger, se coupa profondément la main en cherchant des bouteilles de scotch dans l'armoire à liqueurs. Enfin, comprenant qu'il devait se faire un pansement s'il ne voulait pas saigner à mort, il utilisa son mouchoir pour se bander la main le mieux possible.

Albert souffrait toujours de douleurs à la tête et à la main (il s'était soulagé en pissant dans la fougère géante que Belinda cultivait dans un coin du salon) lorsqu'on sonna à la porte. Il réussit à se mettre debout et se dirigea vers l'entrée quand il se souvint qu'il était enfermé et que les clés avaient disparu. Il regarda la télévision interne permettant de filtrer les visiteurs, mais l'écran demeurait noir. Malgré tout, il perçut les cris de Vera :

— Laisse-moi entrer ! Laisse-moi entrer !

Albert aurait dû deviner qu'elle viendrait vérifier si son fichu enfant de l'amour était sain et sauf. À en juger par sa propre gueule de bois, il était certain qu'Esmond était au plus mal. Mieux valait ne pas répondre. Vera ne ferait pas le poireau toute la journée. Elle essayerait de lui passer un coup de fil et il ne décrocherait pas. Une demi-heure plus tard, lorsque le téléphone sonna, il fit la sourde oreille, trop occupé à tenter de défoncer la porte.

Vera en conclut que son frère et son fils chéri devaient travailler dans le hall d'exposition du garage Ponson et elle s'y rendit à pied. Mais on était dimanche et tout était bouclé. Dépitée, elle retourna au bungalow en traînant la patte, fureta derrière la maison, voulut ouvrir la porte de service et regarder à travers les fenêtres en verre fumé. Peine perdue. Et marteler les fenêtres de la cuisine ne provoqua qu'une alarmante volée de balles qui tintèrent contre les vitrages armés. Paniquée, Vera se glissa sous la fenêtre et longea le mur. Elle se remit à crier et ne reçut en guise de réponse qu'une nouvelle salve de coups de feu.

Pour la première fois, elle tira son chapeau à Horace. Il l'avait prévenue que son frère était un gangster et qu'il aurait ce qu'il méritait. D'après tous ces tirs, ce jour était arrivé. Ce ne fut pas tant le sort d'Albert qui la rendit folle de peur que la présence de son Esmond chéri dans ce qui semblait être *Règlements de comptes à OK Corral.* Car elle ignorait qu'elle se faisait du souci pour rien.

À l'intérieur du bungalow, Albert Ponson croyait avoir enfin trouvé une façon de pénétrer dans la cuisine en déchargeant son Colt 45 automatique dans la serrure de la porte mitoyenne. Cela ne l'avança guère car la porte de service était bouclée. Il passa sa rage en tirant au hasard, les balles ricochant dans des ustensiles hors de prix, perforant des casseroles en acier brossé dans un placard, massacrant un mixer Kenwood.

Entendant cette nouvelle rafale, Vera passa à l'action. Des choses terribles avaient lieu dans la maison et son Esmond chéri était bloqué à l'intérieur. Elle fonça dans la rue et appela le commissariat de police sur son portable.

— Il y a une fusillade dans la maison de mon frère ! hurla-t-elle.

Le policier ne fut que très vaguement intéressé :

— Vraiment ? Qui est votre frère ?

— Albert Ponson. On est en train de l'assassiner.

— Votre nom ?

— Je suis Mme Burnes et Albert est mon frère.

Au commissariat, on accueillit la nouvelle avec flegme. Il était temps, suggéra quelqu'un, que ce pourri passe l'arme à gauche.

— Adresse ?

— Laquelle ? demanda Vera, totalement perdue.

— La vôtre bien sûr. On sait où habite Al Ponson.

Mais Vera était au bout du rouleau.

— Je viens de vous le dire. La fusillade se passe dans sa maison, Ponson Place, pas chez moi. Bon Dieu ! Grouillez-vous ! Mon fils chéri est là-bas avec lui.

— Votre quoi ?

— Esmond, mon fils chéri. Je l'ai laissé hier avec Albert pour le protéger, et maintenant il y a cette fusillade et...

L'inspecteur ne voulut pas en savoir davantage. Il masqua le récepteur de sa main et passa le combiné à un sergent :

— On a une cinglée qui blablate au sujet de son fils chéri Esmond qu'elle a confié à notre Al Capone local pour le protéger.

Le sergent écouta Vera pendant quelques instant et se dépêcha de raccrocher :

— Une bonne femme hystérique dit que ça canarde sec à Ponson Place, rapporta-t-il à un agent. Prions pour qu'elle ne raconte pas de salades. Bon, on y va. C'est l'occasion de voir ce que ce salaud fricote dans sa forteresse.

Cinq minutes plus tard, Vera fermant la procession, un policier en civil, le sergent et l'agent de police (ainsi que deux gendarmes supplémentaires venus en renfort, selon le principe qu'on ne savait jamais sur qui on tombait en allant chez Ponson) cognèrent à la porte d'entrée en ordonnant à Albert d'ouvrir.

Il aurait obtempéré avec plaisir s'il avait pu actionner la serrure. Non seulement la clé de la porte de service était introuvable, mais la maison était plongée dans l'obscurité, car Belinda avait débranché tout le circuit électrique.

Pour une fois, Albert se mit à maudire les plaques d'acier qu'il avait installées à l'extérieur des portes et fenêtres pour décourager les cambrioleurs et les voisins trop intéressés par ses orgies qu'il appelait des fêtes. Il gâcha ses dernières munitions à tirer depuis la cuisine vers le garage. En vain. Les portes électroniques étaient bel et bien fermées et impossibles à relever. À son grand désespoir, il s'aperçut de la disparition de l'Aston Martin. Tout le monde savait que cette voiture était son enfant chéri, le trésor qu'il vénérait plus que tout. Albert en conclut que le syndicat du crime en était l'instigateur et qu'il s'agissait là d'un kidnapping ou, pire encore, d'un meurtre.

Malgré ses douleurs lancinantes à la tête, il tenta de réfléchir. Si Belinda et Esmond avaient été enlevés ou assassinés, il n'avait nul besoin d'avoir sur le dos les représentants de la loi. Regardant par le trou de la serrure, il fut légèrement soulagé de voir sa satanée sœur hissée dans une ambulance par cinq solides policiers.

Dix minutes plus tard, l'inspecteur rejoignit ses cinq collaborateurs devant chez Ponson. À son tour il s'efforça de convaincre Albert de sortir. Il s'entendit immédiatement répondre qu'il n'était qu'un trou-du-cul. Ne pouvait-il comprendre que s'il ne sortait pas c'était la faute de la serrure électronique ? Et que même si cette conne de serrure marchait, les connes de clés avaient disparu.

L'inspecteur essaya de se montrer raisonnable :

— On ne vous accuse de rien. On veut juste savoir ce qu'il y a comme problème.

— Le putain de problème, c'est que je suis enfermé dans ma putain de maison et que je ne peux pas sortir, pauvre flic. Combien de fois je dois le répéter ? Et une saloperie vivante m'a volé mon Aston Martin.

L'inspecteur attaqua sous un autre angle :

— Il y a eu des coups de feu dans la maison ?

— Il y a eu quoi ? hurla Albert toujours dans les vapes, ou plutôt le brouillard.

— Il y a eu des coups de feu dans la maison ?

Albert fit un effort de concentration :

— Oui, admit-il enfin, j'ai tiré dans la serrure du salon.

— Je vois, fit l'inspecteur, qui ne voyait rien du tout.

Il se tut un moment avant de demander :

— Et pour quelle raison ?

— Parce qu'un salaud ne voulait pas que je sorte.

— Mais qui ça ?

— Celui qui a bloqué le foutu truc.

— Quel genre de foutu truc se trouvait derrière la porte ? demanda l'officier de police, ravigoté à l'idée qu'il s'agissait d'une personne.

— Je ne sais pas. Il faisait nuit noire.

— Alors vous avez tiré à travers la serrure et atteint quelqu'un de l'autre côté.

— Faux. Quand j'ai regardé dans la cuisine, j'ai rien vu. C'était pas possible. Il n'y avait pas de lumière. Je vous l'ai déjà dit.

— Alors, pourquoi vous avez dit qu'il y avait quelqu'un ?

Un poids lourd klaxonna à ce moment-là pour demander à un tracteur qui roulait sur le chemin de s'écouter, et le sergent, perdant le fil de la déposition qu'il notait, se concentra surtout sur le « quelqu'un ».

— Vous avouez donc, fit le sergent, que vous avez tiré sur la personne qui vous avait empêché d'entrer dans la cuisine ?

Albert se tritura les méninges pour trouver une réponse qui l'innocenterait :

— Je savais pas qu'il y avait quelqu'un derrière la porte. Je n'arrivais même pas à voir la serrure. Je l'ai trouvée à tâtons. Vous voyez, quand mon doigt a senti le trou de la serrure, j'ai posé mon revolver contre et j'ai tiré. Je n'avais vraiment pas l'intention de tirer sur quelqu'un.

L'inspecteur prit le relais :

— Comment savez-vous que l'Aston Martin a été volée ?

— Parce qu'elle n'est plus dans le garage.

— La porte entre la cuisine et le garage, elle est fermée également ?

— Non, pas maintenant.

— Vous prétendez qu'on l'a volée. Mais comment le savez-vous ?

— Parce qu'elle est plus là. J'ai tâté partout et elle manque.

— Bon, si on peut accéder du garage à la cuisine, la seule solution est d'amener un bulldozer pour arracher la porte.

Albert Ponson en frémit d'horreur :

— Faites pas ça ! rugit-il, toute la façade de la maison va s'écrouler.

— On va seulement l'utiliser pour enfoncer la porte. Ça risque de l'abîmer, bien sûr, mais…

— Vous ne comprenez pas. Que vous l'enfonciez ou que vous l'arrachiez, tout le devant de la maison va s'effondrer.

— Mais non. Bien sûr que c'est impossible. Vous voulez juste éviter de venir avec nous parce que vous cachez quelque chose à l'intérieur.

— Comme quoi ?

— Un cadavre. Celui de votre neveu, par exemple, dont votre sœur ne cesse de nous rebattre les oreilles.

— Vous avez perdu la tête, merde ! Je ne l'ai pas touché !

— Alors pourquoi il ne dit rien ? S'il est avec vous à l'intérieur, qu'il nous parle – à condition qu'il soit encore vivant.

— Mon Dieu, mon Dieu, je deviens fou, gémit Albert.

— C'est ça que vous allez plaider à votre procès ? Vous êtes fou, un tueur fou ? Et où se trouve Mme Ponson ? Elle est morte, elle aussi ?

Albert se laissa tomber par terre. Dans l'obscurité, il atterrit dans une flaque d'huile. Il gémit de plus belle. À l'extérieur, l'inspecteur et son adjoint eurent un sourire ravi avant de traverser la route.

— J'ai l'impression qu'on a enfin coincé ce salopard, fit l'inspecteur d'une voix enjouée. J'attends ce jour depuis des années. Il sera condamné à perpette, aussi sûr que de deux et deux font quatre.

— Pourquoi la maison est plongée dans l'obscurité, je vous le demande, fit son adjoint. Ça n'a pas de sens.

— La vieille bonne femme qu'on a envoyée à l'hôpital n'avait pas tort, après tout. Elle a bien entendu des coups de feu. Au moment où il tuait le gamin. Puis, après avoir amené le cadavre dehors et s'en être débarrassé quelque part, il est revenu et a tiré une balle dans le câble électrique qui alimente la maison afin de s'inventer un alibi. Il y a sûrement eu du sang sur le tapis et il l'a fourgué loin du corps. Dans une rivière ou une mare.

— Et la voiture ? Il en a fait quoi ?

— Comme pour le tapis, ou alors il l'a bazardée. Elle doit être pleine de sang.

Ils furent interrompus par l'arrivée du bulldozer. Les deux policiers retraversèrent la route en direction du garage.

— Arrimez le crochet au sommet de la porte, ordonna l'inspecteur.

Albert hurla depuis l'intérieur du garage :

— Bon sang ! Surtout ne tirez pas dessus ! Je vous l'ai dit, toute la façade de la maison va tomber.

— Je ne vois pas comment. On ne va arracher que la porte du garage. Allez ! Placez le gros crochet en haut de la porte et écartez-vous tous.

Le bulldozer s'approcha et l'énorme crochet fut placé au-dessus de la porte en fer. Albert hurla d'une voix encore plus désespérée :

— La porte est prise dans le mur de la maison, bon sang !

— Arrêtez vos âneries, espèce d'escroc ! répondit le sergent. Vous nous cachez quelque chose à l'intérieur.

Le bulldozer recula et, comme la chaîne se tendait, il devint clair qu'Albert était dans le vrai. Toute la façade de la maison avança de quelques centimètres. Deux ou trois secondes plus tard, le toit s'inclina et, tandis que le mur tombait dans le jardin, il s'effondra à son tour.

Dès que le mur commença à bouger, Albert eut la présence d'esprit de foncer au fond du bungalow. Il se trouvait maintenant allongé sous un lit, près d'une colonne sur laquelle s'étaient écrasées deux poutres métalliques qui avaient soutenu le toit. Au-dessus de lui, le ciel couvert de nuages présageait de la pluie. Quand le toit eut fini de glisser par terre, Albert sortit en rampant, abruti par le bruit, la poussière de ciment et surtout l'écroulement de la maison de ses rêves. Comme pour parachever l'horreur de la situation, les conduites d'eau alimentant les salles de bains éclatèrent et un tuyau particulièrement pervers prit son visage pour cible. Ouvrant la bouche afin d'appeler à l'aide tout en essayant de dégager sa jambe gauche de plusieurs câbles électriques, il se rendit compte qu'il risquait de périr noyé. Puis il se dit qu'un de ces foutus flics pourrait bien remettre l'électricité en route, auquel cas il serait électrocuté.

Au prix d'efforts aussi désespérés qu'effrénés, il se servit de sa jambe libre pour écarter les divers fils électriques. Se dégageant tant bien que mal du cadre d'une fenêtre brisée, il se remit à ramper à travers les broussailles et se cacha derrière un bosquet d'arbres à feuilles persistantes. Couché là, réussissant à peine à maîtriser sa tremblote, il se souvint soudain de la petite fortune enfermée dans le coffre sous le tapis de la chambre.

Et merde ! Il n'allait pas y retourner tant que les policiers étaient dans le coin. Il attendrait qu'ils aient pris la poudre d'escampette.

Pour le moment, il entendait ce foutu bulldozer toujours crocheté à la porte du garage et attaché à un pan de la façade. Au bruit de ferraille qu'il faisait, il n'arrivait pas à se dégager.

Exténué, anéanti par la perte de sa maison, Albert Ponson tomba dans les pommes.

20

DEVANT LES DÉBRIS DU BÂTIMENT, les policiers furent rejoints par le commissaire principal qui s'inquiétait des conséquences que risquait d'avoir sur sa carrière ce qu'on ne pouvait appeler qu'une catastrophe sans précédent.

— Pauvre imbécile ! hurla-t-il dans les oreilles de l'inspecteur. Je vous ai demandé d'arrêter cet escroc de Ponson, pas de raser sa maison. Et maintenant, il est évident que ce salopard a passé l'arme à gauche. À cause de vous. Vous n'êtes même pas capable de surveiller un parking, et encore moins la sortie d'une maternelle. Tous les journaux du pays vont étaler votre exploit en première page. Je vois déjà les titres : DES TERRORISTES DE LA POLICE FONT SAUTER UNE MAISON. Ou encore : PLUS BESOIN DE TERRORISTES QUAND ON A UNE BRILLANTE POLICE. Je vais sauter, pas de doute là-dessus. Eh bien, qu'une chose soit claire : quand je partirai, vous giclerez aussi.

— Mais comment pouvait-on savoir que sa maison était blindée ? Sa vioque de sœur a affirmé que son fils était à l'intérieur pour se protéger de son père et elle a entendu des coups de feu. Il fallait bien qu'on entre.

Le commissaire regarda autour de lui d'un air éperdu :

— Vous voulez me dire qu'elle est mariée à son frère ? C'est pas de l'inceste, ça ?

— Non, elle est mariée à un directeur de banque de Croydon qui a perdu la tête et qui a essayé de tuer son fils avec un couteau à découper. Elle a dit qu'on devait le sortir de la maison de son oncle.

— Comment ça ? Avant qu'il le tue aussi ?

— Exact, monsieur le commissaire principal.

— Au lieu de ça, il vous a laissé faire le boulot à sa place en démolissant la maison. Où se trouve donc Mme Ponson à l'heure actuelle ?

— Euh ! À l'intérieur je suppose.

— Vous me dites qu'elle a entendu des coups de feu et que son fils se faisait tuer et...

— Non, celle-là c'est Mme Burnes. On l'a emmenée aux urgences.

— Aux urgences provoquées, je dirais plutôt. C'est de votre faute et vous êtes pleinement responsable. Vous allez voir ce qui va se passer à l'enquête et ensuite au procès. Il va être beau, le verdict !

Il fit demi-tour et se préparait à partir le plus loin possible quand l'inspecteur l'arrêta :

— Puis-je vous suggérer d'interroger Mme Burnes, pour commencer ?

Le commissaire fit à nouveau demi-tour en tentant en vain de se souvenir qui était Mme Burnes. Sûr et certain qu'il était en train de perdre la boule.

— Elle est toujours vivante ? Vous ne m'avez pas dit que son mari avait essayé de la tuer avec un couteau à découper ?

— Pas elle. Son fils. M. Burnes est directeur de banque. Il a pris un couteau...

— Ah oui, je me rappelle. Elle l'a amené dans ce fichu bungalow pour qu'il soit abattu par ce mari bigame qu'elle a épousé avant le directeur de banque. D'accord, allons la voir. Je n'ai encore jamais rencontré de bigame.

L'inspecteur préféra s'abstenir de tout commentaire. Il se demanda si son chef avait bu. Quant à lui, il se serait volontiers tapé un whisky bien tassé.

21

À SON RÉVEIL, après la soirée trop arrosée de la veille, Horace se sentit particulièrement mal en découvrant qu'il avait dormi trop tard et que son bateau avait largué les amarres depuis longtemps.

Après un déjeuner succinct, il fut enfin en mesure de quitter l'hôtel. Conscient que s'il achetait un nouveau ticket dans la même agence de voyages, l'employé, même s'il n'était pas très futé, risquait de trouver ça suspect, il prit un taxi pour un quartier mal famé de Londres, près des docks.

Résolu à brouiller sa piste à la perfection, il entra dans le magasin de fringues d'occasion le plus moche qu'il trouva et y acheta un imperméable crasseux et une paire de bottes trop grandes de plusieurs tailles. Se dissimulant dans des toilettes publiques pour se changer, il mit un vieux pantalon crado qu'il avait eu la présence d'esprit de prendre dans la cabane du jardinier et enfila ses bottes par-dessus. Quand il en sortit, Horace ressemblait à tout sauf à un directeur de banque.

Il atteignit les docks en bus, après un trajet en zigzag et, maudissant sa tête douloureuse, il arpenta les rues à la recherche d'une agence maritime où il se procura – avec beaucoup de difficulté – un billet pour la Lettonie.

— Vous retournez au pays ? demanda le préposé à tête d'émigré en lisant la fiche remplie par Horace. Vous avez bien raison.

Horace hocha la tête et, saisissant son billet et sa valise, partit à la recherche de toilettes publiques pour remettre son costume bourgeois.

De retour à son hôtel, il écrivit au directeur de la banque suisse avec qui il était en rapport pour lui annoncer qu'il retirerait trois cent mille livres en espèces – soi-disant pour acquérir une affaire en Australie – et qu'il viendrait le voir avant la fin du mois. Il lui resterait encore un million de livres sur son compte.

Le lendemain, de nouveau vêtu en pouilleux – ce qui lui valut un coup d'œil bizarre de la part du réceptionniste –, il régla sa note, prit sa valise et partit en donnant un généreux pourboire au portier. Celui-ci, persuadé qu'Horace avait plus besoin de cet argent que lui, le lui rendit et doubla même la somme.

Voulant s'assurer qu'il serait impossible à suivre, Horace passa la nuit suivante à la belle étoile dans Blackheath. Ayant été à deux reprises sommé de bouger par la police et ayant servi d'urinoir à un vagabond local, il se jura l'aube venue de ne jamais renouveler cette expérience.

En milieu de matinée, il retourna à l'agence maritime, où il refila cent livres au préposé pour qu'il ne s'attarde pas trop sur son passeport. Enchanté d'avoir reçu un tel pourboire, l'employé laissa passer Horace sans prendre la peine de noter son nom. Enchanté de sa brillante manœuvre, M. Ludwig Jansens grimpa la passerelle, bien déterminé à ne jamais remettre les pieds en Angleterre.

22

ARRIVÉE DEVANT GROPE HALL, Belinda ouvrit la grille et emprunta l'allée sans s'occuper des deux taureaux au bord du chemin et des aboiements des chiens qui poursuivaient la voiture. Devant la porte de la cuisine, elle descendit et frappa. La tête d'une très vieille femme apparut à la fenêtre d'une chambre :

— Qu'est-ce que vous voulez ?

— Je suis ta nièce, Belinda. Eudora était ma mère et ta sœur. Ma grand-mère s'appelait Eliza.

— Eudora ? Eudora ? répéta la vieille dame, totalement perdue. Où est ta mère, Eudora ?

— Non, moi c'est Belinda. Eudora est morte. Depuis deux ans. D'une pneumonie. Je croyais que tu étais au courant. Je t'ai écrit à l'époque.

— Je ne lis pas les lettres. J'peux pas, mes lunettes marchent pas. Et j'en ai pas envie. Que des mauvaises nouvelles.

La vieille dame se tut et sembla réfléchir :

— Pourquoi t'es là ? Si tu es bien la fille d'Eudora, comme tu le prétends, elle t'a sûrement mise au courant des règles de vie de la famille.

— Oui, bien sûr. Au moins pour l'essentiel. Le chef de famille doit être une femme. Quand Eliza est morte tu lui as succédé. On venait souvent ici quand j'étais petite, tu ne t'en souviens pas ?

— Je n'ai plus toute ma tête. Non pas que j'en aie jamais eu beaucoup. Je me rappelle, Eudora est partie dans le Sud pour chercher un homme, mais je ne connais pas la suite. Comment je saurais si tu es bien qui tu prétends être ?

— Je suis une Grope jusqu'au bout des ongles et je peux te le prouver.

La vieille dame hocha la tête et demanda :

— Quand était l'anniversaire de ta mère ?

— Le 20 juin. Elle est née en 1940.

— C'est vrai. Bon, entre donc. La porte n'est pas fermée. Je ne suis ni levée ni habillée, mais je vais descendre dans un petit moment et tu me diras pourquoi tu es venue ici.

Avant d'entrer, Belinda vérifia qu'Esmond dormait toujours. Elle traversa l'office et se planta dans la cuisine. Rien n'avait changé depuis son enfance. La même table de couvent se trouvait au milieu de la pièce, les mêmes casseroles, marmites et faitouts étaient empilés sur les étagères ou accrochés sur le mur en face de l'ancienne cuisinière à charbon. Rien n'avait bougé depuis sa dernière visite avec sa mère, des années auparavant. Les relents de bacon étaient toujours là... Impossible d'identifier les autres odeurs. Elles constituaient ce fumet spécial qui lui rappelait les séjours de son enfance. Mieux encore, rien ne ressemblait à sa cuisine de Ponson Place. Rien n'était astiqué, rien n'avait la blancheur éclatante de sa machine à laver et des divers gadgets accumulés au cours des années. À vrai dire, elle avait puisé un certain réconfort dans l'horreur de sa cuisine moderne. Ou du moins s'était-elle efforcée de s'en persuader. Mais aujourd'hui elle était arrivée dans sa vraie maison, l'endroit où elle avait passé les moments les plus heureux de son enfance.

Malgré les heures et les heures derrière le volant à suivre des routes secondaires en observant les limitations de vitesse, elle ne se sentait pas fatiguée. Étrange, non ? L'aube au-dessus des collines, la vision des vastes champs et des forêts au loin lui avaient donné des forces. Atteindre Grope Hall et constater que rien n'avait changé agit sur Belinda comme un formidable remontant.

Elle retourna à la voiture, où Esmond gisait, toujours inconscient, sur la banquette arrière, dissimulé sous une couverture. Il lui faudrait de l'aide pour le transporter dans la maison. De retour dans la cuisine, elle se prépara du café en attendant du renfort. Elle s'étonna de constater que, depuis son arrivée, elle avait tout son temps.

Un peu plus tard, un homme d'une quarantaine d'années sortit de la grange, un seau à la main. Elle l'appela. Il travaillait sûrement sur le domaine.

— Quel est votre nom ?

— On m'appelle Vieux Samuel.

— C'est curieux ! Vous n'êtes pas si vieux.

— Non, mais il y a toujours eu un Vieux Samuel à Grope Hall. Alors, quand le précédent Vieux Samuel est mort et que je l'ai remplacé, j'avais dans les vingt-sept ans, on m'a appelé Vieux. Je m'occupe de la ferme et je fais un peu de tout, maintenant qu'il n'y a plus que la vieille dame.

— Pourriez-vous me donner un coup de main pour sortir quelqu'un de ma voiture ? Il a un peu trop bu.

Ils allèrent jusqu'à la Ford.

— Pas qu'un peu, fit Vieux Samuel en ouvrant la portière arrière et en respirant les vapeurs d'alcool.

Il se pencha et tira Esmond de sous la couverture.

— Il va lui falloir quelques jours pour se remettre, c'est sûr. À l'odeur, je dirais que c'est du whisky. Où vous voulez que je le mette ?

— Dans la chambre, au-dessus de la cuisine.

Vieux Samuel la dévisagea avec intérêt. Elle semblait connaître la maison par cœur. En fait, vu son air et le fait qu'il y avait ce gamin inconscient dans la voiture, il y avait des chances qu'elle soit une Grope. Une Grope à qui la vie souriait.

23

ON NE POUVAIT PAS EN DIRE AUTANT D'ESMOND. Il avait dormi des heures, dans une sorte de coma éthylique, et depuis qu'on l'avait hissé dans la chambre au-dessus de la cuisine, il ne s'était levé que pour pisser. Seul problème : la chambre ne disposait pas de salle de bains et le vase de nuit se trouvait contre le mur, sous le lit. En essayant de s'en saisir, il était tombé du lit et n'avait pas réussi à le réintégrer. Il s'était donc résolu à tirer les couvertures sur lui, à mouiller le tapis et à se rendormir.

Avec l'aide de Samuel, Belinda avait monté Esmond dans la chambre, puis elle avait tiré les rideaux et fermé la porte à clé. Enfin, épuisée par la longue route, elle s'était couchée. Elle se réveilla le lendemain après-midi et se rendit auprès d'Esmond. Assis au bord de son lit, il contemplait la tache humide sur le tapis. Sa mine était atroce.

— Tu as besoin d'un bon repas.

— Je suis où, tante Belinda ? demanda-t-il en regardant la lande qui courait jusqu'à l'horizon.

— Tu es arrivé chez toi. Tu appartiens à cette maison.

— Mais non, mon chez-moi c'est à South Croydon.

— Je ne suis pas ta tante mais ta fiancée. On va se marier, souviens-toi !

— Se marier ? Impossible. Tu es déjà mariée et tu es ma tante. Tu es Mme Ponson, la femme de l'oncle Albert, cet horrible escroc.

— Mon pauvre garçon. Tu as été malade très longtemps. Nous étions mariés mais nous avons divorcé. Rappelle-toi, tu as voulu que je m'enfuie avec toi.

Belinda hésita un moment avant de poursuivre :

— Autre chose, tu ne dois plus jamais utiliser le nom de Ponson. J'insiste très fort. Ton nom de famille est Grope, comme le mien, et ton prénom est Joe. Si on te demande qui tu es, tu dois répondre Joe Grope. Répète !

— Joe Grope.

— Et tu viens de Lyle Road, à Ealing. T'as compris ?

Esmond hocha la tête :

— Je m'appelle Joe Grope, je viens de Lyle Road à Ealing. Où est-ce ?

— Dans Londres. Bon, maintenant, répète ton nouveau nom, encore et encore. Tu piges ?

— Oui, je m'appelle Joe Grope, je viens de Lyle Road, à Ealing. Mais pourquoi ?

— T'occupe pas de ça pour le moment. Viens avec moi prendre un solide petit déjeuner. Tu en as bien besoin.

Ils descendirent à la cuisine et, pendant qu'Esmond s'asseyait à la vieille table fraîchement astiquée, Belinda fit frire des œufs et du bacon et prépara un café très fort. Esmond, toujours ahuri, répéta son nouveau nom sans se lasser. À la fin du repas, il se sentit mieux mais pas au point de remarquer que Belinda avait glissé un petit comprimé dans sa tasse.

À peine l'eut-il avalé qu'il se mit à somnoler, et Belinda dut l'aider à regagner sa chambre, où elle refit le lit et sortit le vase de nuit pour qu'il soit à sa portée. Ensuite, elle le déshabilla et le coucha. À ce moment-là, la pilule avait fait son effet : il roupillait déjà comme une souche et resterait endormi jusqu'au lendemain matin.

Redescendue, Belinda dévoila ses plans à la tante Grope qui attendait depuis un moment des explications : à savoir pourquoi sa nièce était réapparue flanquée de cet étrange jeune homme. Belinda versa quelques larmes en décrivant son horrible mariage et son abominable belle-sœur :

— J'ai quitté ce monstre et son atroce bungalow moderne, dit-elle en sanglotant. Tu n'as pas idée comme c'était affreux là-bas. Pendant des années, il s'est soûlé à mort. Avec un peu de chance, ça le tuera. Il ne cessait d'organiser des fêtes stupides et de convaincre des bons à rien de voler des voitures. Oh, il les payait plutôt bien. Le pire, c'est qu'il était stérile et incapable de me faire des filles. Il n'y avait que l'argent qui l'intéressait. Eh bien, je me suis vengée. J'ai emporté avec moi jusqu'au dernier sou qu'il avait caché sous le plancher de ma chambre, comme ça je vais pouvoir t'aider.

— Tu ne l'as pas tué, au moins ? demanda Myrtle, plus curieuse que choquée.

— Non. Mais j'aurais peut-être mieux fait.

— Mais qui est ce gamin avec toi et comment s'appelle-t-il ?

— J'ai changé son nom. Il s'appelle maintenant Joe Grope, et si on te demande quoi que ce soit, ce qui m'étonnerait, il faut dire qu'il vient d'Ealing, à l'ouest de Londres, et pas de Croydon.

— Mais pourquoi t'embarrasser de lui ?

— Pour le sauver. Sa mère est la sœur d'Albert et elle est tout aussi atroce dans un genre différent. Elle est tellement sentimentale qu'on dirait une éponge plongée dans de l'eau sucrée. Elle appelle son fils « chéri » quand elle parle de lui. Ou encore « mon petit enfant de l'amour » alors qu'il mesure un mètre quatre-vingts. Y a de quoi vomir.

— Qu'en dit son père ?

— Il a le de tuer son fils à coups de couteau. Voilà pourquoi son horrible mère nous l'a amené pour le protéger. Albert a été bien obligé d'accepter. À sa façon, elle est aussi redoutable que lui. Ne me demande pas pourquoi. En tout cas, mon fichu mari lui a soûlé la gueule et lui-même a perdu connaissance. J'ai donc décidé d'amener le gamin à Grope Hall. Ici, il restera sobre et on pourra l'utiliser à la ferme.

— Bien vu. Les hommes de mon âge ont été une denrée rare depuis la fin de la guerre. Je suppose qu'ils ont été tués au combat et, après la mort de mon Harold, je n'ai pas eu l'énergie d'en trouver un autre. Et puis, je ne suis plus capable d'avoir des enfants et on a besoin d'une fille.

— J'y ai pensé et c'est une des raisons qui m'ont poussée à l'amener ici. On va se marier, avoir des enfants et il travaillera à la ferme. Personne ne pourra le retrouver sous son nouveau nom et j'en ai plus qu'assez d'être une vierge virtuelle. Je ne veux plus servir de gadget sexuel à ce branleur d'Albert, ni risquer d'attraper le sida ou la syphilis des traînées avec qui il couche. Je veux un jeune homme sain et en pleine forme.

— Où se trouve-t-il maintenant ?

— Il cuve cette saleté d'alcool qu'Albert lui a fait ingurgiter hier.

— Cet Albert est ton ex-mari ? Tu en es certaine, il ignore où tu es allée ?

— Tout à fait. Tu ne me crois quand même pas assez bête pour lui avoir dit que j'étais une Grope ? D'ailleurs, sur l'acte de mariage de ma mère, enfin de feu ma mère, le nom de Grope ne figurait pas. Elle avait déclaré se nommer Mlle Lyle et avait fourni le certificat de naissance de sa meilleure amie.

Belinda marqua une pause pour reprendre son souffle en se demandant comment s'en tirait l'affreux Albert Ponson. Puis, reprenant son récit là où elle l'avait laissé, elle raconta son voyage de retour chez elle.

24

SI ALBERT avait pu lire dans les pensées de Belinda, il aurait répondu qu'elle était folle de croire qu'il s'en tirait. Il venait de passer les heures précédentes à râler contre son beau-frère et sa dépression nerveuse (quoiqu'il ait compris pourquoi Horace avait essayé de tuer son crétin de fils), à maudire sa sœur pour lui avoir fourgué Esmond, à se demander si Belinda avait été enlevée pour de bon et surtout à se geler. Certes, c'était l'été, mais un été anglais, donc pluvieux, et Albert fut incapable de trouver un endroit où se mettre au sec. Il dut se contenter du massif d'arbustes qui lui avait servi de cachette. Impossible de se réfugier dans le bungalow en ruine : un policier en imperméable en gardait l'arrière.

À l'intérieur, ce que les trois inspecteurs chargés de l'enquête découvrirent ne fit qu'aggraver la situation d'Albert le fugitif. Il y avait du sang sur le tapis du salon ainsi que dans la cuisine. Et dans le garage – où Albert avait perdu son bandage quand il cherchait l'Aston Martin –, ils dénichèrent la preuve qu'un crime épouvantable avait été commis. Tandis qu'Albert se faisait tremper dans le jardin, les enquêteurs se tenaient relativement au chaud dans ce qui restait du salon et discutaient de leurs découvertes et de l'absence de Belinda Ponson et d'Esmond Burnes.

— Normal que Ponson n'ait pas voulu qu'on force la porte du garage, suggéra l'un d'eux. Je dirais que les meurtres ont eu lieu là. Bien sûr, il a pu les tuer dans son putain d'abattoir en self-service et traîner les corps dans la maison avant de les fourrer dans la voiture qui s'est volatilisée pour les emmener quelque part.

— Comment les amener ici sans laisser des bordels de traînées de sang partout ? Il a dû utiliser un truc pour transporter les corps.

— C'est vrai, admit le troisième. Mais quoi ? Quelque chose d'imperméable à l'eau et au sang ?

— On voit que t'as jamais fait un tour dans l'abattoir de Ponson ! Vas-y ! Je te prête ma torche électrique. Charlie en a une aussi. Prends les deux et inspecte les feuilles de plastique et les sacs. Tu te rendras mieux compte.

— D'accord, j'y vais, fit l'homme d'un air assuré en traversant le jardin et le champ voisin.

À son retour, il n'était plus le même :

— Bon Dieu ! Je croyais que tu plaisantais quand tu parlais d'abattoir. Ce salaud de Ponson est un meurtrier, pas de doute. Un truc que je pige pas : pourquoi y a pas de sang frais là-bas ? Tout est sec.

Les deux autres flics opinèrent du bonnet.

— Je n'ai jamais rien vu d'aussi épouvantable. Sans parler du panneau qui dit que l'abattoir est en self-service et un autre avec écrit dessus : TUEZ ET MANGEZ VOTRE VIANDE. Les pourris !

Les deux autres flics ne pipèrent mot. Ils savaient qu'Albert était un escroc et qu'il encourageait les fermiers locaux à tuer eux-mêmes leur bétail à des prix sans rapport avec ceux des bouchers. C'était loin d'être un crime, et d'une importance très relative par rapport à la nouvelle situation. Il avait toujours été un escroc et, en toute justice, il devrait passer quelques années derrière les barreaux. Mais là, on était passé aux choses vraiment sérieuses. Les hectares couverts de sang dans l'abattoir, l'absence de sa femme et du jeune homme donnaient à penser que des drames atroces avaient eu lieu.

Après avoir pris des échantillons de sang séché sur le sol du bungalow et photographié les empreintes de main ensanglantée sur les murs du garage, les inspecteurs trouvèrent une serviette propre et s'en servirent pour sécher le sang frais. Ils fouillèrent à nouveau les ruines et ajoutèrent les balles et le tapis taché de vomi aux différentes preuves. Puis il retournèrent au commissariat.

Depuis sa cachette, Albert fut horrifié par les quelques bribes de conversation qu'il arriva à saisir. Il avait construit son abattoir afin de gagner suffisamment d'argent pour tromper le fisc, et, résultat, la police possédait de quoi nourrir de terribles soupçons contre lui. Il n'avait pas prévu que ce malheureux panneau ferait de lui un cannibale et un assassin. Récemment, il avait annulé une publicité similaire dans le journal local à la suite de la plainte du vicaire, mais après la disparition de Belinda et de cet abruti d'Esmond, voilà que la police allait se faire des idées. Comme s'il avait besoin d'aggraver son cas.

Plus embêtant encore, les lieux regorgeaient de sang animal et quand – comme c'était certain – ils feraient des tests ADN, ils seraient incapables de différencier le sang humain de celui des cochons et des bovins qui s'était accumulé depuis des années.

Tandis que, glacé et trempé jusqu'aux os, il restait allongé dans le jardin, Albert songea qu'il méritait sans doute quelques années derrière les barreaux, comme l'avait suggéré l'enquêteur – mais pas pour des crimes dont il était innocent. Parvenu à cette triste conclusion, il attendit que le fichu policier gardant les ruines de la maison se soit enfin assoupi dans un fauteuil du salon. Certain qu'il dormait profondément, il sortit en rampant du massif d'arbustes et marcha sans faire de bruit jusqu'au parking des véhicules d'occasion. Il allait prendre une voiture passe-partout mais rapide et fiable et foutre le camp de cette région.

Un truc lui trottait dans la tête : où donc étaient passés Belinda et Esmond ? Peut-être encore à l'hôpital où Esmond avait subi un lavage d'estomac. Dans ce cas, il devrait y faire un tour pour se rendre compte…

À la réflexion, c'était une mauvaise idée. Un médecin pourrait le soupçonner d'avoir essayé de se débarrasser de ce nigaud en l'empoisonnant à l'alcool. Ou, à voir sa tête et l'état de ses vêtements, appeler la police.

Finalement, Albert décida qu'il serait plus sûr de suivre son plan d'origine et de se tirer. Il empocha les clés d'une Honda et peu après il roulait à 160 km à l'heure vers Southend. Là, il prendrait une chambre dans un bed and breakfast, et non pas dans un de ces hôtels chic où l'on porte vos bagages et où on lui demanderait pourquoi il était si mouillé. Non, il trouverait un endroit modeste et pas cher où on ne lui poserait pas de questions. Et il payerait en espèces.

Il se souvint alors qu'il n'avait pas un sou sur lui et que sa fortune était planquée dans un coffre sous le tapis de la chambre. À cet instant, les gyrophares d'une voiture de police le forcèrent à stopper au bord de la route.

Une heure plus tard, après avoir soufflé dans un ballon, il était arrêté pour conduite en état d'ivresse, dépassement de vitesse à 200 km à l'heure dans un véhicule non immatriculé, aux freins défectueux et aux pneus usés.

— Vous serez présenté au juge du district dans la matinée, pour conduite dangereuse en état d'ivresse, lui annonça le gendarme. Vous avez de la chance. Vous auriez pu vous tuer, et tuer des tas d'autres gens avec.

Le gendarme se trompait. Le lendemain matin, Albert était dans un fourgon de la police qui le ramenait à Essexford afin d'être interrogé par le commissaire principal, qui était désormais convaincu qu'Albert Ponson et sa sœur étaient des psychopathes et des assassins.

25

VERA BURNES, mise sous calmants aux urgences, avait récupéré quand le commissaire principal arriva à l'hôpital. Elle se redressa dans son lit et réclama ses vêtements. Le policier pria le médecin de la transférer dans une chambre particulière, ce qu'il fit avec plaisir. Les autres malades poussèrent des hourras de satisfaction. Ils n'en pouvaient plus de cette Mme Burnes qui réclamait à grands cris son Esmond chéri, son enfant de l'amour.

— Qui est Esmond ? C'est votre époux ? demanda le commissaire principal.

Avant de raccrocher sans lui laisser le temps de répondre, l'assistant du ministre de l'Intérieur venait de lui déclarer au téléphone que le travail des policiers, quel que soit leur grade, était d'arrêter les criminels et non de détruire des maisons.

— Il a même précisé : « Ça, c'est le boulot d'al-Qaida », confia-t-il à Vera.

— Vous parlez de mon frère ? Il ne s'appelle pas Lakydda, mais Albert Ponson. Où se trouve-t-il ? J'ai laissé Esmond avec lui et il devait le protéger de mon mari qui a essayé de le tuer.

— Dommage qu'il ait raté son coup, grommela le commissaire, qui en avait plein le dos.

Il regretta aussitôt sa remarque. Vera bondit de son lit et se jeta sur lui de tout son poids. Sa chaise bascula en arrière et il atterrit sur le dos, s'ouvrant la tête au passage contre la table de chevet. Un médecin et deux infirmières l'emmenèrent sur un brancard aux urgences où on lui fit dix points de suture.

L'inspecteur reprit l'interrogatoire à la place du commissaire principal une fois que plusieurs policiers eurent réussi à remettre Vera dans son lit et à lui passer des menottes aux chevilles en lui précisant :

— Si vous sautez de votre lit, vous vous casserez les deux jambes !

Vera posa sa tête sur l'oreiller et sanglota :

— Je veux savoir ce que mon frère Albert a fait d'Esmond. Mon mari a essayé de le tuer. Je vous l'ai déjà dit.

— Il a essayé de tuer M. Ponson, c'est ça ? Pourquoi ?

— Parce qu'il a dit qu'ils étaient trois comme lui.

— Trois comme lui ? Votre mari a un frère jumeau ? C'est-à-dire deux frères jumeaux, des triplés, quoi, c'est ça ? Si c'est le cas, comment savez-vous avec qui vous faites l'amour ?

— Je ne sais pas de quoi vous voulez parler ! hurla Vera.

— Vous n'êtes pas la seule. Et bien sûr, votre mari a essayé de tuer les trois satanés Ponson. Je ne peux pas le lui reprocher. Un seul filou comme Al, c'est suffisant.

Vera le dévisagea d'un air dément :

— Je n'ai rien dit de tel. Vous interprétez mes paroles, pleurnicha-t-elle, dans l'espoir que le discours de l'enquêteur soit plus cohérent.

Ce dernier fit de son mieux pour s'éclaircir l'esprit et reprit :

— Contentez-vous de me dire qui a essayé de tuer ces deux personnes. Je ne veux pas en savoir davantage.

— Horace.

— Horace est votre mari ?

— Évidemment. Depuis vingt ans.

— Bon, ça, j'ai compris. Alors, il a eu une sorte de maladie et, d'après vous, il a voulu tuer Esmond. Cet Edmond est votre seul fils ?

— Oui. Avec un couteau à découper.

L'enquêteur continua avec une question qui lui semblait des plus raisonnables :

— Esmond est vraiment de lui ? Il n'est pas d'un autre homme qui vous a laissée avec un polichinelle dans le tiroir ?

Vera ne connaissait pas l'expression.

— Comment aurait-il pu ? Je ne rangeais pas mes tiroirs, j'étais dans la cuisine à ce moment-là.

— Je veux dire : avez-vous eu une liaison avec un homme qui n'était pas votre mari et êtes-vous tombée enceinte quand il a éjaculé ?

— Quand il a *quoi* ? demanda Vera, dont les lectures à l'eau de rose avaient limité le vocabulaire.

— Quand il a balancé la purée ?

— Quelle purée ?

— Bon, disons juste fait l'amour.

— Si c'était le cas, il aurait dû être là. Et nous n'y étions pas.

— Oh ! Laissons tomber ! Je m'efforce de comprendre pourquoi votre mari a essayé de poignarder votre fils.

— Il disait qu'Esmond était tout comme lui.

— Je l'aurais pensé rassuré de savoir que vous n'aviez pas de liaison avec un autre homme, commenta l'enquêteur

— Je vous l'ai dit, ça n'a rien à voir. Je lui ai toujours été fidèle.

L'enquêteur la crut sans problème, se disant in petto que même un obsédé sexuel serait incapable de sauter sur Mme Burnes et que son mari devait être monstrueusement laid. Sur ce, il mit fin à l'interrogatoire et alla voir comment le commissaire principal se portait. Il allait mal. Les points de suture n'avaient pas tenu et il avait fallu le recoudre.

— C'est l'enfer. Si ça continue, je vais devenir fou à mon tour.

— On sera deux. C'est l'enquête la plus biscornue de ma carrière.

26

HORACE N'ÉTAIT PAS NON PLUS À LA FÊTE. À peine son cargo avait-il quitté l'estuaire de la Tamise que la tempête s'était déchaînée, et les côtes néerlandaises étaient encore loin. Avoir l'impression d'être sur des montagnes russes au milieu de la mer du Nord n'avait rien de rassurant. Tantôt les vagues se fracassaient contre la proue, tantôt, quand le vent changeait de direction, les flancs bâbord ou tribord étaient inondés. Résultat : Horace, réfugié dans sa sordide cabine et ballotté de toutes parts, commença à souffrir d'un sérieux mal de mer. Bien sûr, il n'y avait pas de lavabo et il dut tituber un peu partout à la vaine recherche d'une salle de bains, avant de se résoudre à vomir dans la mer en s'agrippant au bastingage et à recevoir des paquets d'eau sur la tête. Sous ses pieds, le cargo n'avançait pas et, regardant un instant vers la poupe, il ne vit pas de sillage, ce qui lui fit penser qu'on avait stoppé le moteur et les hélices. S'il avait eu la moindre lueur en matière maritime, les changements de cap du cargo et l'arrêt des machines l'auraient encore plus inquiété. Malade comme un chien ou tout comme, il trouva un seau et redescendit dans sa cabine. Pourquoi ne pas avoir choisi la voie des airs, se lamentait-il. Quand un avion se crashe, au moins la mort est instantanée. Mais cela aurait été impossible. Il aurait dû présenter son passeport et on aurait découvert l'argent qu'il transportait dans sa valise.

Quand on remit les machines en marche et que le cargo reprit sa route sur une mer plus calme, Horace s'endormit.

Le lendemain matin, il vida son seau par le hublot et sortit une carte de l'Europe qu'il avait achetée à Londres. Il se résolut à admettre qu'il n'avait pas le pied marin. L'idée d'endurer une deuxième nuit d'horreur était au-dessus de ses forces. Il allait débarquer en Hollande et voyager incognito en prenant des trains qui desservaient des voies secondaires. Malheureusement, sur sa carte générale ne figuraient que les lignes principales des trains à grande vitesse reliant des métropoles entre elles. Quelle barbe !

Limitant les dégâts, Horace se décida à rejoindre Berlin par l'itinéraire le moins direct. Abandonnant la plupart de ses bagages, il n'atteignit la capitale allemande qu'une semaine après avoir quitté Londres. Dès son arrivée, il changea une grosse somme de livres en euros dans diverses banques et officines. Puis il prit un bus pour se rendre dans l'ancienne zone soviétique et passa la nuit dans la chambre la moins chère de l'hôtel le moins cher qu'il trouva. Il avait choisi d'alterner trains et bus et de zigzaguer pour sortir d'Allemagne. Où cela le mènerait-il ? Il n'en avait pas la moindre idée. Son seul but était d'empêcher quiconque de retrouver sa trace. Partout où il s'arrêterait, il s'enregistrerait sous un nom différent. Il réussit deux coups de maître en achetant deux passeports. Le premier à un Anglais ivre, venu à Munich assister à un match de foot, puis un second, à Salzbourg, à un type barbu. Moyennant quoi, pendant deux jours, il se laissa pousser des favoris. Précaution inutile : il passa en Italie sans qu'on lui demande ses papiers.

27

DANS SA PRISON DE GROPE HALL, Esmond n'avait aucune idée du tintouin qu'avaient occasionné sa disparition et celle de Belinda Ponson.

À cela deux raisons : d'une part, il ignorait où il se trouvait et, d'autre part, il était toujours sous l'effet de sa gueule de bois et des somnifères qu'on lui administrait chaque soir. Ils n'étaient pas très forts mais suffisants pour l'assoupir. Le fait d'avoir changé de nom n'arrangeait pas les choses, et devoir appeler Belinda « chérie » au lieu de « tante » ne clarifiait pas la situation. De temps en temps, il quittait son lit pour regarder par la fenêtre en espérant voir quelque chose qu'il serait en mesure de discerner, comme des maisons, mais il n'apercevait que des prairies en friche courant jusqu'à l'infini et, au loin, ce qui ressemblait à un mur de pierres grises. Près de la maison, des troupeaux de moutons mastiquaient calmement et, sous sa fenêtre, des cochons avaient, de leurs sabots et de leurs groins, transformé le sol en flaques de boue. Spectacle plus effrayant : deux taureaux noirs parcouraient le domaine en toute liberté.

Ici, aucun bruit de voiture ne lui parvenait, alors qu'il était habitué au trafic de Selhurst Road. Seulement des bourrasques de vent qui faisaient trembler les vitres. Parfois, il croyait entendre des voix s'échapper de la pièce d'en dessous. L'une d'elles semblait masculine, car plus grave et plus rare que celles des femmes, mais rien n'était moins sûr. Le plancher était trop épais pour lui permettre de comprendre quoi que ce soit, mais de temps en temps lui parvenaient des rires, souvent très brefs, avant qu'une discussion ou une dispute reprenne.

En réalité, ce qui restait de la famille Grope - Myrtle et Belinda - discutait surtout de la façon de se débarrasser de la vieille Ford que Belinda avait amenée depuis Essexford. Elle était garée dans la grange, mais il y avait toujours le risque qu'on la découvre et que cette intéressante information soit transmise à la police. Belinda avait déjà retiré les plaques d'immatriculation avec l'aide de Vieux Samuel, qui avait défoncé les numéros en utilisant la partie plate d'une grosse hache. Pour la voiture, c'était une autre affaire.

— On pourrait toujours la conduire dans une galerie de la mine et l'ensevelir sous des tonnes de terre et personne ne la verrait, suggéra Vieux Samuel.

— Où ira-t-on chercher le charbon pour le fourneau si on bloque le tunnel principal ? demanda Myrtle.

— Oh, il existe des tas de galeries annexes qui n'ont plus de charbon. Il suffirait de mettre la voiture dans l'une d'elles et de faire s'effondrer le toit.

— Et si quelqu'un se met à creuser, qu'arrivera-t-il ?

— Du fil barbelé, des tonnes de fil barbelé, rétorqua Vieux Samuel que l'idée excitait. Sur vingt mètres de profondeur depuis l'endroit où le toit se sera effondré. Et on pourrait rajouter une grille en fer pour empêcher les gens de voler le charbon.

— Mais personne n'ose s'aventurer là à cause des taureaux et des chiens.

— C'est vrai, mais juste au cas où...

— Faire s'effondrer le toit d'une galerie, c'est bien joli, mais comment ? demanda Belinda.

— Avec des explosifs.

— Quels explosifs ?

— Qu'importe ? Vous n'avez pas à vous en occuper. Mais j'aurai besoin de l'aide du jeune homme.

Emballé à l'idée d'utiliser enfin son stock d'explosifs, Samuel se dépêcha de quitter la pièce et referma la porte derrière lui.

Une fois seules, les deux femmes commencèrent à envisager l'avenir d'Esmond.

— Bon, parlons de ce mariage, attaqua Myrtle. Il aura lieu dans la chapelle. Et s'il ne te donne pas de filles, on le renverra à ses parents à Croydon et on en cherchera un autre.

— Mais il pourrait rester ici, dit Belinda précipitamment.

Elle blêmit à l'idée qu'Esmond puisse révéler à sa mère ou à son oncle Albert le lieu de sa détention.

— Nous avons besoin de bras, reprit-elle, et, s'il veut paresser, il y a beaucoup de place entre les taureaux et les moutons. À condition qu'il ait du temps pour ça. Vieux Samuel lui apprendra le travail de la mine ou de la ferme.

Sur ce, ces dames se mirent à glousser et une fois encore Esmond, de sa chambre, se demanda quel était l'objet de leur hilarité.

28

ALFRED, bouclé au commissariat d'Essexford, n'avait pas besoin qu'on lui fasse un dessin. Quand on l'accusa de terrorisme et, pour faire bonne mesure, du meurtre de deux personnes, il avait déjà compris qu'exiger la présence d'un avocat ne servirait à rien.

D'autant que l'avocat en question avait courtisé la Belinda qu'on l'accusait d'avoir tuée. Le commissaire principal en personne lui avait expliqué la situation. L'avocat avait proposé de « foutre une branlée à ce salopard jusqu'à ce qu'il avoue » – suggestion que le commissaire eut l'air d'approuver. Personne, en dehors de la police, n'était au courant de l'arrestation d'Albert. Les journaux s'en donnaient donc à cœur joie, relatant une explosion dans une maison fortifiée, allant jusqu'à incriminer al-Qaida qui l'aurait utilisée comme cachette pour fabriquer des bombes.

Entre-temps, une énorme tente fut installée sur les ruines de la maison et des renforts de police arrivèrent pour tenir le public à l'écart. Des cordons jaunes barrèrent les rues et, à l'intérieur du bungalow, des agents, hommes et femmes en uniforme blanc, relevèrent des échantillons de toutes sortes. Des prélèvements de sang furent analysés, mais ce fut la quantité d'hémoglobine trouvée dans l'abattoir qui agita les limiers de la police, leur faisant croire à une organisation criminelle de grande ampleur.

Leur tâche fut compliquée par la variété d'animaux qui avaient été mis à mort. Ils envoyèrent des échantillons dans les meilleurs laboratoires médico-légaux, mais même les plus grands experts mondiaux eurent du mal à faire la différence entre l'ADN des animaux et l'ADN des humains massacrés, ou même des bouchers amateurs qui s'étaient blessés en tuant des bêtes récalcitrantes.

— La personne qui a conçu ce mélange de sangs savait ce qu'elle faisait. Je n'ai jamais rien vu de tel, déclara le patron d'un de ces labos.

Albert Ponson aurait pu dire la même chose. C'était la première fois qu'il subissait un contre-interrogatoire mené par un commissaire principal à l'ambition démesurée qui avait commencé sa carrière comme simple flic. Et qui souffrait encore de méchants élancements à l'emplacement des points de suture de son front.

— Vous allez voir ce que vous allez voir, je vais vous apprendre à me donner des coups de pied dans les joyeuses, couina Albert qui venait d'être frappé une deuxième fois.

— Ça m'étonnerait, mon pote ! Je serai pas dans les parages quand tu sortiras de prison, dans une quarantaine d'années. Enfonce-toi ça dans la tête, espèce d'assassin et de terroriste ! À ce propos, tu auras de la chance si t'en prends pas pour perpette ! On t'accuse de pas mal d'autres choses.

— Comme quoi ?

— D'avoir tué deux de mes hommes et d'en avoir fait disparaître trois quand le toit s'est effondré.

— Mais je n'ai rien fait de tel ! s'écria Albert, soudain très inquiet. Je les avais prévenus que la façade s'écroulerait si vous arrachiez la grille.

— Il a dit ça ? demanda le commissaire en se tournant vers l'inspecteur. Il vous a alertés ?

— Bien sûr que non, c'est un bobard ! Il nous a dit qu'il ne pouvait pas sortir, et comme on ne pouvait pas entrer à cause des blindages et des vitres à l'épreuve des balles... On essayait juste d'aider le gamin. Et j'aimerais bien savoir où sont sa femme et le jeune Esmond, hein ?

— Tout à fait morts, à mon avis. Sa bourgeoise devait en savoir trop et elle a voulu le faire chanter. Il l'a tuée, et ensuite il a essayé de zigouiller le neveu en le soûlant à mort. Il n'a pas fait qu'essayer. Le légiste a dit que le contenu du vomi sur le tapis était suffisant pour tuer un hippopotame. Whisky, cognac, tous les alcools imaginables, y compris de l'absinthe. Soûler à mort, dans ce cas, c'est pas une expression vaine.

— Quel putain de mensonge ! cria Albert. Je n'ai jamais donné d'absinthe à cette brute.

Le commissaire sourit :

— Tu lui as pas donné d'absinthe ? Je t'ai bien eu ! Ce qui veut dire que tu lui as fait boire tous les autres alcools de la maison. De quoi lui faire exploser le foie. Moi, rien qu'à regarder les cadavres de bouteilles sur le tapis, je serais mort. Mon Dieu, dire que je dois aller interroger la toquée de mère du jeune gars. Laissez pas ce salaud s'endormir et continuez à lui en faire baver.

Le commissaire quitta la cellule d'Alfred et traîna les pieds jusqu'à l'hôpital tout en tripotant le pansement sur son front. Il n'avait guère envie d'avoir à annoncer à Vera que non seulement son Esmond chéri avait disparu mais qu'il était sans doute mort.

29

BIEN QUE TOUJOURS DANS LE BROUILLARD, Esmond fut mis au travail à la fin de la semaine. Il dut aider Vieux Samuel dans une des galeries de la mine.

— Creuse deux trous dans le toit avec cet engin, lui dit-il en lui passant une grosse perceuse. Moi, je vais préparer la dynamite.

— De la dynamite ? Tu l'as eue où ?

— Je l'ai trouvée. Sans doute un surplus du temps où ils ont commencé à chercher du charbon. Ils en ont utilisé parce qu'il était impossible de faire passer un train à travers le rocher. J'ai veillé à ce qu'elle ne prenne pas l'humidité et je l'ai cachée aussi loin du Hall que possible, pour que personne ne mette la main dessus.

— Mais c'est pas dangereux ?

— Je pense pas. Je l'ai gardée dans un récipient étanche que j'ai plombé. On va bien voir si elle est encore bonne. D'abord, va chercher l'escabeau, tu n'es pas assez grand pour arriver jusque là-haut.

Esmond obéit, et bientôt il était occupé à creuser les deux trous.

— Et maintenant ? dit-il quand il eut terminé.

Vieux Samuel avait été chercher une grande cuvette en faïence pleine de poudre et, assis à l'extérieur, remplissait deux cartouches de 12 en laissant sortir un mince fil de cuivre. Le fil venait d'une bobine et, après en avoir dévidé cinquante mètres, il le relia aux deux cartouches. Ensuite il prit les bâtons de dynamite et, monté sur l'échelle, les enfonça dans les trous du toit en coinçant les cartouches juste en dessous.

— Ça devrait marcher, annonça-t-il en sortant dans le jardin. Le toit ne va pas résister longtemps. Bon, alors cesse de traînasser et amène la vieille Ford ici.

Esmond, qui avait toujours rêvé de faire sauter quelque chose, était fasciné. Il retourna à la grange et démarra la voiture. Il entra facilement dans la galerie et tandis que Vieux Samuel avait le dos tourné, il grimpa sur le capot et vérifia que les cartouches étaient bien enfoncées dans les trous qu'il avait percés. En fait, elles étaient parfaitement ajustées, mais par précaution il cala l'une d'elles avec un petit morceau de bois. Pendant ce temps, Vieux Samuel avait été chercher un générateur électrique et attendait Esmond, qu'il appelait soit Joe, soit M. Grope, pour l'aider à descendre des rouleaux de fil barbelé.

— Une précaution inutile, mais mieux vaut ne pas prendre de risque. On va commencer par faire sauter le toit pour s'assurer que la poudre fonctionne comme prévu. Après, on aura peut-être besoin d'installer une grille en fer. De quoi dissuader les gens d'entrer, au cas où. À vrai dire, ce sont les taureaux noirs qui s'en chargent. Et puis Grope Hall a la réputation d'être une propriété à éviter. D'après ce que j'ai entendu dire dans la cuisine, ici, tu es en sécurité. Remarque, aucun homme ne s'est échappé d'ici sans qu'elles le désirent, « elles » étant celles de la cuisine.

— Je n'ai pas envie de filer, affirma Esmond, le premier surpris par ses propos.

Il avait toujours été possédé par l'envie de faire sauter quelque chose et découvert qu'il adorait s'occuper des cochons. Surtout, il se sentait libre. L'idée de retourner dans la maison de Croydon le rendait malade. Ici, quel que soit l'endroit où se situait cet « ici », il avait l'impression d'être lui-même au lieu d'être étouffé par une mère qui l'appelait son chéri, sans parler de son père qui l'avait agressé avec un couteau à découper. En songeant à sa vie passée, il se rendait compte que pas une minute il n'avait su qui il était. Là, dans cette campagne sauvage, il s'était enfin trouvé. Même s'il n'était pas sûr de son nom.

— On va voir si les cartouches fonctionnent, dit Vieux Samuel qui relia le fil de cuivre principal au générateur. Écarte-toi, je vais le mettre en route.

À peine eut-il démarré le moteur qu'un grondement sourd s'échappa de la galerie, accompagné d'un nuage de poussière. Quand il se fut résorbé, ils entrèrent et contemplèrent le résultat de l'explosion. Aucun signe de la vieille Ford.

— Va chercher la torche électrique, Joe. On dirait que tout le toit s'est effondré. On n'aura pas besoin de barbelé.

Pourtant, Vieux Samuel refusa de prendre le moindre risque. Il cloua sur un poteau de l'entrée le panneau DANGER ! ATTENTION AUX CHUTES DE TOIT qu'il avait fabriqué la veille.

Pour la première fois depuis son arrivée, Esmond n'eut pas droit à un somnifère, et il dormit comme un ange.

30

IMPOSSIBLE D'EN DIRE AUTANT DE VERA. Quand le commissaire principal arriva à l'hôpital, elle était angoissée, pour ne pas dire plus, mais avait suffisamment récupéré pour poser des questions, et éventuellement répondre. Le commissaire principal, lui, était déterminé à se venger d'avoir été agressé et recousu.

— Si elle doit rester hospitalisée et si elle ne joue pas la comédie, mettez-la dans une chambre particulière, conseilla-t-il au médecin. Gardez-la aussi loin que possible des autres malades et assurez-vous qu'elle ne puisse pas se lever.

Le praticien ayant demandé la raison de toutes ces précautions, le commissaire répondit :

— On la soupçonne d'être partie prenante dans une affaire de meurtres en série. En tout cas, elle doit être interrogée à fond.

— Vingt dieux ! Des meurtres en série ! s'exclama le docteur, horrifié. Qui a-t-elle tué ?

— Je n'ai pas le droit de vous le dévoiler pour le moment. Il ne s'agit encore que de soupçons, mais il se pourrait qu'elle soit impliquée dans un crime sérieux. Oh, pendant que vous y êtes, donnez-lui donc un calmant.

Son interlocuteur le regarda, stupéfait.

— Bien sûr. Cette femme… Dieu sait quel genre de femme c'est. Quand elle n'est pas sous sédatif, elle est hystérique.

— Ne l'assommez pas trop. Donnez-lui un truc qui calme ses angoisses et la rende un peu plus raisonnable. Je n'ai pas envie de récolter de nouveaux points de suture.

— Cinq gouttes de Rivotril dans son thé devraient l'assagir.

— C'est quoi, bon sang ?

— Une benzodiazépine. Mais si j'augmente la dose, elle risque de s'endormir. Laissez-la donc tranquille pendant une demi-heure avant de la cuisiner.

Le commissaire se fit discret en allant patienter dans la salle d'attente générale, le temps de donner à Vera la possibilité de se calmer avant de commencer l'interrogatoire.

— Madame Burnes, je ne veux pas vous inquiéter, mentit-il, mais j'aimerais bien savoir où se trouve votre fils. Vous pouvez peut-être m'aider. Y a-t-il des choses que vous ayez oublié de me dire ?

Vera le dévisagea. Ce policier était très différent de celui qu'elle avait jeté à terre. Mais son pansement au front prouvait que c'était le même.

— Je vous ai déjà dit que je ne savais pas ce qui se passait. C'est pour ça que je l'ai amené à mon frère.

— La raison… ?

— La raison, c'est que mon mari a essayé de le tuer, comme je vous l'ai dit la dernière fois. Pourquoi est-ce que vous me posez toujours les mêmes questions ?

— On doit s'assurer que vous n'avez rien oublié sans le faire exprès.

— Bien sûr que non ! Qu'est-ce que j'aurais oublié ?

Le commissaire poussa un long soupir. Cette satanée bonne femme avait repris tous ses esprits. Il souhaita que le docteur lui ait administré un sédatif plus puissant.

— Bien, je vais vous poser une nouvelle question. Nous nous sommes rendus à votre domicile de Selhurst Road et votre mari n'était pas là. Pouvez-vous me dire où il est ?

— Au bistrot ! répliqua Vera d'un ton sec.

Sans le montrer, elle accusa le coup. Elle avait complètement oublié l'existence d'Horace, bouclé dans sa chambre. Quand est-ce que je lui ai donné quelque chose à manger pour la dernière fois, se demanda-t-elle.

— Et d'ailleurs, comment savez-vous qu'il n'est pas à la maison, contre-attaqua-t-elle. Il est sans doute toujours couché.

— Je vous assure que non.

— Vous êtes en train de me dire que vous êtes entrés par effraction. Vous n'en aviez pas le droit, ajouta-t-elle pleine de venin. Vous, la police, vous devez faire respecter la loi, pas l'enfreindre.

Le commissaire soupira une fois de plus.

— Nous n'avons rien fait de tel. La porte de la cuisine n'était pas verrouillée.

— Vous mentez ! Je ferme toujours à clé avant de sortir, protesta Vera, oubliant dans quelles conditions elle avait foncé chez son frère ce matin-là, craignant le pire.

— Vous peut-être, mais pas M. Burnes, suggéra le principal.

— Au contraire. Mon mari est directeur de banque. Un homme extrêmement méticuleux pour tout dans la vie, y compris pour fermer les portes.

— Mais pas pour ses vêtements. On a trouvé deux vestes et un pantalon par terre. Ainsi que des chaussettes. Pour tout dire, il a vidé son armoire et tout flanqué sur le lit défait. L'intérieur de son coffre à la banque était dans le même désordre.

Le commissaire se tut pour laisser à Vera le temps de la réflexion. Il avait pris un risque en lui racontant tout ça, car il avait inventé une partie des détails, mais cela inciterait peut-être Mme Burnes à lui faire des révélations sur son mariage. Tout n'avait pas été rose au cours de la vie conjugale des Burnes, il en était certain.

31

— BIEN FAIT POUR ELLE ! s'exclama le commissaire principal quand le sergent qui surveillait Vera lui apprit qu'elle avait piqué une énième crise d'hystérie après son départ. Préparez donc un café très fort, vraiment extra-fort, pour que cette garce ne ferme pas l'œil de la nuit. J'ai fait venir de Croydon le couteau à découper utilisé par son mari pour essayer de tuer leur fils. Alors arrangez-vous pour que la lame dégouline de sang. J'ai l'intention d'en finir avec la partie familiale de ce massacre avant que l'unité antiterroriste y fourre son nez.

— Mais comment les en empêcher ? Leurs experts médico-légaux analysent déjà les échantillons de sang prélevés dans le bungalow et l'abattoir.

— Et ils n'arrivent à rien, répliqua le commissaire. Je vais leur montrer que la police locale peut faire aussi bien, ou même mieux, car on connaît la région et les escrocs sur le bout des doigts.

Un peu plus tard, Vera subissait les effets du noir breuvage en faisant un tel vacarme que les malades des autres salles manifestèrent leur mécontentement en hurlant à leur tour.

— Mieux vaut la conduire au commissariat, décida le policier. Je l'interrogerai là-bas. Mais menottez-la bien – je préfère éviter de nouveaux points de suture.

— Où m'emmenez-vous ? cria Vera quand quatre solides flics la sortirent de son lit.

— Dans un endroit tranquille où vous allez enfin nous dire où se trouve votre meurtrier de mari.

— J'espère qu'il brûle en enfer. C'est là qu'il devrait être.

L'instant d'après, Vera ajouta :

— Il est probablement dans son lit, où je l'ai laissé.

— Mort ou vif, madame Burnes ?

— Mort, s'il n'avait tenu qu'à moi. Mais bien sûr qu'il est vivant, espèces d'idiots. Vous avez le culot de m'arrêter alors que mon garçon chéri gémit au fond d'un fossé, ou pire encore.

Rien que d'y penser, Vera se mit à hurler. Elle se cogna la tête contre les murs de la cellule pendant une heure et, finalement, totalement abrutie, elle s'effondra.

— Je vous préviens, fit le médecin qui l'avait accompagnée, si vous continuez ainsi, elle va avoir un arrêt cardiaque.

— C'est ce qui pourrait lui arriver de mieux, grommela le commissaire qui regrettait le temps des pendaisons. Quand je pense que je me coltine cette folle depuis le début de la nuit sans avoir pu lui tirer une réponse cohérente. Où se trouve son mari ? On n'en sait toujours rien.

— Il a dû se tirer aussi loin que possible, répondit l'inspecteur. Vous vous imaginez vivre avec une telle bonne femme ?

— Je ne préfère pas ! Vous avez vérifié avec sa banque, n'est-ce pas ? En dehors de la pagaille dans son coffre, il manquait de l'argent ?

L'inspecteur hocha la tête :

— Pas un centime. Le zigoto est peut-être tordu mais il n'a pas l'air malhonnête.

— Vous avez vérifié dans les ports ? demanda le docteur.

— Bien sûr. Visiblement, il n'a pas traversé la Manche. De toute façon, il n'aime pas voyager et déteste l'avion. Il en a peur car il souffre de vertige.

L'inspecteur consulta ses notes :

— Mais Mme Burnes nous a dit qu'il l'avait demandée en mariage en haut de Beachy Head. Drôle d'endroit si l'altitude nous donne le tournis.

— L'endroit idéal pour se suicider, ce qui serait la chose normale à faire après vingt ans de mariage avec cette femme.

— Absolument. Donc, si elle dit la vérité, il l'a demandée en mariage au sommet d'une falaise de cent soixante mètres de haut - lieu préféré des candidats à une vie meilleure. Et ce mec aurait le vertige ? Pas possible. Quelqu'un ment. L'un ou l'autre. Ou les deux. Mais plutôt elle. Toutes ses idioties au sujet de ses trois personnalités. Ça fait penser à la Sainte Trinité. Pourtant, apparemment, ils n'allaient pas à l'église le dimanche. Mais on s'écarte du sujet, à savoir, où sont passés Mme Ponson et le gamin.

Le commissaire ricana avant de répondre :

— Peut-être bien dans ce fichu abattoir puis dans le hachoir. Ponson ne l'a pas construit pour rien. Dès le début, il devait avoir une idée sordide en tête. Ce n'était pas non plus pour aider les éleveurs locaux.

— Là, je vous suis, fit l'inspecteur. Il a gagné un peu d'argent en fourguant des voitures d'occasion. Ou volées. Je n'arrive pas à comprendre pourquoi on ne sait toujours pas quel est son vrai racket.

— Ce salaud ne vendait pas de véhicules volés dans son garage. Et ce n'est pas lui qui les fauchait. Il confiait ça à d'autres truands. Il se gardait la partie légale. Les voitures volées n'étaient pas à son nom et les soi-disant propriétaires devaient toucher leur commission. Bien moins que Ponson, c'est certain.

Le commissaire se tourna vers le médecin :

— On a bien essayé d'alpaguer ce salaud, vous savez, mais il est trop malin pour nous. Dieu merci, cette fois-ci, on le tient.

— Sans compter qu'al-Qaida l'a peut-être recruté et financé il y a des années, ajouta l'inspecteur.

— J'aimerais bien savoir où a disparu ce fameux mari, dit le médecin que cette discussion fascinait et tenait éveillé. Et aussi ce qui l'a poussé à tenter de tuer son fils. Le bonhomme me paraît tout aussi dingue que sa femme.

À cet instant entra un agent qui n'avait pas entendu la conversation.

— Nous avons trouvé une arme dans la maison des Burnes. D'après les traces de sang, il ne fait pas de doute qu'on l'a utilisée pour essayer de tuer quelqu'un.

Et de brandir un sac en plastique contenant un couteau à découper.

— Au moins, Mme Burnes nous a dit en partie la vérité, commenta le commissaire.

Il se tourna vers le médecin avant d'ajouter :

— Je suis d'accord avec vous. Je me demande où niche son psychopathe de mari.

32

HORACE ÉTAIT AUSSI PERPLEXE QUE LE COMMISSAIRE. Il avait traversé tellement de frontières, acheté tant de cartes dont il était incapable de déchiffrer les textes qu'il ignorait où il avait atterri.

D'Allemagne, il était passé en Pologne puis il avait longé les montagnes de Slovénie, traversé la République tchèque et l'Autriche avant de se perdre dans Trieste. Puis, d'Italie, il s'était dirigé vers la France en prenant soin de dormir dans des hôtels bon marché, sous une fausse identité. Plusieurs fois, dans le souci d'éviter les artères principales, il préféra s'aventurer sur des routes de campagne qui se révélèrent dépourvues d'hôtels et il fut obligé de passer la nuit dans des granges ou à la belle étoile. Et, comme il s'imaginait entouré d'animaux – peu importe s'il l'était réellement ; le résultat était le même –, il passa de nombreuses nuits blanches.

Son unique réconfort fut de penser que si quelqu'un avait essayé de le suivre, il en était pour ses frais. Maigre consolation quand, après des jours et des jours de marche dans ce qu'il pensait être l'Italie, il fut bloqué par un large fleuve impossible à traverser à gué. Ne sachant pas nager et n'ayant aucune envie de revenir sur ses pas, il dut marcher pendant des kilomètres pour trouver un pont. Le soulagement d'en découvrir un fut de courte durée car il était gardé par un policier.

Ne voulant pas affronter le représentant de l'ordre dont la tâche principale était de verbaliser les excès de vitesse et d'éviter les embouteillages sur le pont étroit, Horace attendit qu'il soit trop occupé pour faire attention à lui. Au bout d'une bonne heure, la circulation étant bloquée par deux poids lourds, il décida de courir sa chance et traversa le pont d'un pas tranquille.

Une fois en France, il continua à voyager. Ayant tout l'air d'un clochard (il se mordit les doigts de ne pas avoir emporté plus de vêtements et un rasoir électrique avec une prise aux standards européens), il abandonna l'idée de se raser et se laissa pousser la barbe. Un matin, mal éveillé et fatigué, il grimpa dans un car immatriculé en Espagne. Une fois assis, il entama la conversation avec son voisin, qui, ô bonheur, parlait assez bien anglais. Ils échangèrent noms et poignées de main, après quoi l'homme lui demanda où il allait.

— Je n'en sais rien, avoua Horace. Mais j'aimerais bien savoir quelle langue parlent les gens autour de nous. Ça ressemble un peu à l'espagnol mais c'est différent.

— Nous sommes en Catalogne et ici on parle catalan. Un mélange de français et d'espagnol, mais souvent les gens utilisent le castillan ou l'espagnol de Madrid. Bien sûr, chaque région a son propre accent, ce qui les rend plus difficiles à comprendre.

Sous Franco, parler catalan était interdit mais tout le monde le faisait en privé. Remarquez, les Espagnols de pur souche n'en comprennent pas un mot.

Horace était maintenant totalement perdu et, plutôt que de continuer à discourir dans le vide, il passa le reste du voyage à faire semblant de dormir.

Mais son compagnon avait raison. Ils étaient en Catalogne, et même Horace ne manqua pas de reconnaître l'architecture si particulière de Barcelone. En chemin, il avait pris une décision. D'après les paysages qu'il avait vus et d'après ce que lui avait raconté son voisin, les Catalans étaient des gens tranquilles et la région était un endroit où il serait agréable de se poser. Il allait louer une voiture et explorer les lieux, à condition qu'on accepte son passeport en guise de permis de conduire. Sinon, il marcherait comme il en avait l'habitude ou se déplacerait en train et en bus.

Horace s'inscrivit dans le premier hôtel proche du terminus, acheta de nouvelles chaussures, une nouvelle carte, un guide en anglais et passa l'après-midi dans sa chambre à planifier une visite touristique.

Dans le hall de l'hôtel, il tomba sur un vieil exemplaire du *Daily Telegraph* et, n'ayant pas vu un journal anglais depuis qu'il avait quitté Londres, fut ravi de constater qu'il n'était pas question d'une enquête policière au sujet du crime qu'il n'avait d'ailleurs pas commis. Mais ce qui le réjouit le plus fut l'article en première page : la maison d'un certain Albert Ponson s'était effondrée dans des circonstances mystérieuses et son propriétaire avait été envoyé en prison. Horace ignorait qu'il s'agissait d'une première édition. S'il avait eu sous les yeux celle du soir ou du lendemain matin, le titre principal aurait été fort différent.

33

EN REVANCHE, Horace ignorait que des bombes posées par al-Qaida avaient été découvertes dans douze villes d'Angleterre et désamorcées avant d'avoir causé des dommages.

Tout le pays était donc sur le qui-vive et traquait les terroristes, ce qui enchantait le commissaire principal, qui refusait de divulguer à Scotland Yard les événements d'Essexford, malgré la pression qu'il subissait.

— Il ne s'agit que d'une très banale querelle domestique impliquant une épouse et un enfant de dix-sept ans portés disparus, leur avait-il seulement confié. L'homme que nous avons arrêté est un voleur de voitures paranoïaque. Nous avons fouillé les débris de sa maison à la recherche d'explosifs ou de documents écrits indiquant qu'il était capable de fabriquer des bombes, mais sans rien trouver. De toute façon, ce type est un alcoolique qui n'a aucune conviction religieuse. Vérifiez son dossier si ça vous chante.

Après avoir réussi à éloigner la brigade antiterroriste, le commissaire reprit l'interrogatoire d'Albert

Ponson et, à contrecœur, celui de Vera Burnes. Lui faire avouer des choses sensées était toujours aussi difficile.

— Je vous l'ai répété mille fois. Je l'ai laissé dans son lit. Demandez à mon frère Al, il vous le confirmera.

— Il nous l'a affirmé, votre mari l'avait prévenu qu'il couperait votre fils Esmond en morceaux avant de les dissoudre dans une citerne pleine de centaines de litres d'acide nitrique qui se trouve à l'arrière de votre maison. Qu'est-ce que vous dites de ça ?

Vera fut incapable de proférer un mot. Quand elle s'effondra évanouie sur le banc, le commissaire se rendit compte qu'il avait été trop loin. Il quitta la pièce et trouva un agent à qui il ordonna de s'occuper de cette satanée bonne femme avant qu'il ne devienne fou.

— Quand elle reviendra à elle, pas un mot sur la disparition de son fils qui est présumé mort.

— Dois-je lui montrer le couteau ? demanda l'agent en lui présentant un sac en plastique.

Le commissaire se prit la tête à deux mains.

— Bon Dieu ! Mais ce n'est pas un couteau à découper ! C'est un burin, un burin couvert de sang.

L'agent jeta un coup d'œil à l'objet tout en cherchant quelque chose à répondre.

— J'imagine que pour découper un cadavre en morceaux avant de le dissoudre dans de l'acide nitrique, un burin est aussi efficace qu'un couteau. Même plus, je veux dire...

— Je me fiche de ce que vous pensez ! Je vous répète que ce n'est pas le couteau à découper qu'on m'a montré. Si c'est ça que vous utilisez chez vous pour couper le pain, le temps que vous ayez fini, votre miche doit être dure comme de l'ébène.

L'agent fila et revint avec le couteau à découper. Le commissaire le regarda et devint fou de rage :

— Où est passé le sang, nom de Dieu ?

— L'inspecteur a trouvé que ce n'était pas hygiénique d'étaler du sang dessus. Il voulait l'emporter chez lui et pensait que vous ne vous en apercevriez pas...

Cette fois, le commissaire en avait plein les bottes.

— Allez donc voir si la bonne femme a repris ses esprits.

Lui-même se rendit dans la cellule d'Albert Ponson et constata que le prisonnier refusait de répondre aux questions tant qu'il n'aurait pas un autre avocat.

— Je n'ai aucune idée de l'endroit où se trouvent Belinda et cet horrible gosse. Je sais seulement qu'ils ont disparu. Jusqu'à ce que vous me procuriez un meilleur avocat je n'en dirai pas plus. Et pas la peine de me servir vos âneries, comme quoi le toit serait tombé sur les pieds de deux flics. Je n'ai strictement rien à voir avec ça. Quand je verrai mon propre avocat, vous pourrez me poser toutes les questions que vous voudrez. Sans lui, je ne répondrai à rien.

Le commissaire abandonna la partie. L'attitude de Ponson était presque convaincante : ce maudit bonhomme ignorait totalement ce que fichaient sa femme et Esmond Burnes. Pour ne rien arranger, Ponson avait effectivement prévenu l'inspecteur que la façade de la maison s'écroulerait si on arrachait la porte du garage, il n'avait donc pas menti sur ce point. Dieu merci, personne ne l'avait cru. Mais qu'est-ce qui avait poussé cet escroc à transformer sa maison en une forteresse imprenable ?

Sur le chemin entre le commissariat et son domicile le commissaire songea soudain que ce voyou était dingue et souffrait d'une forme aiguë du délire de la persécution. Ce qui expliquerait son bungalow blindé. Et si toute la famille était folle, cela expliquerait également les divagations de sa sœur. De plus, l'horrible abattoir au bout du terrain existait bel et bien. Une autre preuve de démence, quoique d'un genre différent.

Ou alors le bonhomme jouait la folie pour dissimuler le fait qu'il était un escroc doublé d'un terroriste ? Mais les inspecteurs avaient passé la maison au peigne fin et, en dehors des impacts de balle autour de la serrure de la porte de la cuisine, ils n'avaient pas trouvé l'once d'un puissant explosif.

Le commissaire poussa un profond soupir, fit demi-tour et regagna ses locaux.

— Tous les inspecteurs qui ont travaillé sur cette affaire dans mon bureau d'ici vingt minutes ! cria-t-il à un de ses adjoints.

Une évidence le frappa tandis qu'il ressassait l'absence de preuves qui accuseraient Ponson d'être un terroriste. Le type avait été enfermé à clé dans sa maison comme il le prétendait. Quand les inspecteurs arrivèrent, il leur posa une seule question :

— L'un d'entre vous a-t-il trouvé les clés de la maison ?

Personne.

— Autre question : pourquoi l'électricité ne marchait-elle plus ?

— Quelqu'un a détruit la boîte à fusibles, dit un policier. Et je ne plaisante pas. On l'a fichue en l'air. Voilà pourquoi il criait qu'on le fasse sortir.

— Et vous m'en parlez seulement maintenant ! s'exclama le commissaire d'un ton rageur. Autre chose que vous m'ayez caché ? Mais vous préférez sans doute tout garder pour vous ? ajouta-t-il d'un ton sarcastique. Désormais, ma priorité est de retrouver ces trois personnes. Je veux que chacun de vous se concentre là-dessus jusqu'à ce que j'en décide autrement.

— Trois ? fit l'inspecteur. Vous voulez dire deux ? Mme Ponson et le jeune Burnes ?

— Non, j'ai bien dit trois. Vous oubliez Horace Burnes. Au dire de Vera la dingue, il est le seul à s'être montré violent et, pour une fois, je suis enclin à la croire. Supposons qu'il ait tué son fils, qu'il ait pensé que Mme Ponson avait été témoin du crime et qu'il s'en soit débarrassé.

— Mais où sont les corps ?

— Pour le moment on les oublie. Quand on aura attrapé Horace Burnes, on le lui fera avouer, même si je dois lui arracher les ongles. Dans l'immédiat, je veux savoir où il se planque.

— Il est peut-être mort.

— Ou sur la Lune, concéda le commissaire d'une voix lugubre.

Il était arrivé à la conclusion que toute la famille était folle, le fils compris, qu'il soit mort ou encore vivant. Et vu la façon dont l'enquête progressait, lui-même serait bientôt bon pour l'asile.

Cette nuit-là, incapable de dormir, le commissaire médita sur l'affaire qu'il avait sur les bras. Au début, ce n'était qu'un crime mineur lui permettant d'arrêter cet Albert Ponson qu'il avait dans le collimateur depuis des années mais à qui il n'avait rien pu reprocher de sérieux. Maintenant, il n'en était plus aussi certain.

En revanche, cet extraordinaire bungalow fortifié et l'éventualité de trois meurtres augmentaient ses chances d'épingler Ponson. Il n'était pas certain que ces trois personnes aient été assassinées mais elles avaient bel et bien disparu. Tout au long de cette nuit sans sommeil, le commissaire commença à croire, puis à espérer que l'abattoir n'avait pas seulement été utilisé pour abattre du bétail et des cochons. Selon les experts légistes, il n'y avait pas assez de sang humain pour leur permettre de conclure avec certitude, mais la possibilité que des gens aient été étranglés n'était pas à écarter. Plus la nuit avança, plus ses convictions macabres augmentèrent. Pour quelle raison, par exemple, les lieux n'avaient-ils jamais été récurés, le sang coagulé formant une couche aussi dure que du béton ? Une façon pour Ponson d'envoyer un avertissement à ses ennemis en leur montrant ce qu'il était capable de faire si on l'y poussait ?

A contrario, il n'y avait aucune preuve que des crimes de sang aient été commis là, et même le commissaire dut s'avouer que la thèse de l'étranglement était tirée par les cheveux.

Mais que dire des balles trouvées dans le pavillon ? Ponson les aurait-il tirées pour essayer de sortir, comme il le prétendait ?

Un peu plus tard, le commissaire dut se résoudre au fait qu'il n'avait à s'occuper que de la disparition de trois personnes. Pire, il pourrait être tenu pour responsable de la destruction de la maison. Sauf s'il retrouvait Horace Burnes : dans ce cas, cela lui vaudrait sans doute une promotion.

Il ne s'endormit qu'à quatre heures du matin, deux heures avant d'avoir à se lever pour affronter à nouveau ce fichu cauchemar.

34

SUR LA CÔTE, AU SUD DE BARCELONE, Horace passait des heures délicieuses. Il avait loué une chambre dans un excellent hôtel et son balcon surplombait la plage grouillante d'adeptes du soleil. À sa grande surprise, la plupart des femmes allongées sur le sable portaient des tenues microscopiques.

À quelques centaines de mètres de l'espace réservé aux nageurs étaient ancrés des yachts, des hors-bord et des vedettes.

Horace s'assit sur le balcon et contempla la plage. La vue le satisfaisait pleinement : il n'avait aucune envie de descendre parmi cette foule pour bronzer, et en plus il ne savait pas nager. Derrière lui, la femme de chambre passait l'aspirateur et refaisait son lit.

Un peu plus tôt, après un succulent petit déjeuner dans la salle à manger, où il disposa d'une table près d'une fenêtre, le directeur de l'hôtel, qui parlait un anglais fort convenable, lui avait demandé s'il désirait un journal londonien.

— Avec plaisir, mais comment se fait-il qu'ils soient diffusés en Espagne ?

— Nous sommes en Catalogne ! dit le directeur en riant, ils sont disponibles tout l'été. L'hiver, il faut aller en ville. Ce n'est pas loin mais nous sommes fermés en janvier pour que le personnel puisse partir en vacances.

Horace le remercia et l'observa s'adresser, d'abord en catalan ensuite en castillan, à deux personnes, lesquelles, ne comprenant rien à ses propos, lui répondirent dans un anglais parfait qu'ils étaient finlandais.

— La Finlande ! s'exclama le directeur qui leur demanda ce qu'ils désiraient manger.

Horace, que ces gens n'intéressaient pas, se leva et alla se promener sur le bord de mer. Il trouva facilement le marchand de journaux et se procura le *Daily Telegraph* ainsi que, pour changer, le *Daily Mail*.

Il retourna ensuite s'installer sur le balcon de sa chambre sans jeter un coup d'œil à ses journaux. Son attention fut attirée par un paquebot de croisière blanc à l'horizon, et il songea qu'il aurait pu choisir cette façon confortable de quitter l'Angleterre et s'épargner cette traversée cauchemardesque et ces zigzags en Europe. Il se souvint alors que s'il avait opté pour cet itinéraire par les docks de Londres, c'était par peur d'être reconnu aux embarcadères officiels. Non, sur son malheureux cargo il avait été, au prix d'un inconfort total, beaucoup plus en sécurité.

Tout ce qui lui fallait maintenant, c'était changer de tête. Il s'était déjà laissé pousser la moustache et sa barbe commençait à avoir belle allure. Elle allait ressembler à la photo du passeport acheté à Salzbourg.

Finalement, Horace parcourut les journaux pour vérifier si on parlait d'un directeur de banque de Croydon qui aurait disparu. Soulagé de ne rien trouver, et de ne pas voir sa photo, il reprit son étude des corps allongés sur la plage, regrettant de ne plus être un jeune homme.

35

ESMOND, À L'OPPOSÉ DE SON PÈRE, avait enfin l'impression de ne plus être un enfant. Il était ravi d'apprendre à diriger le domaine avec l'aide de Vieux Samuel et d'être traité en adulte à qui l'on donnait des responsabilités dignes d'une grande personne. Il aimait beaucoup s'occuper des porcs et des porcelets qui fouillaient la terre entre le potager près de la maison et le grand mur de pierre avec sa voûte d'entrée sous laquelle il était passé avec la vieille Ford pour aller à la mine. Il y avait également l'étable et son chemin empierré qui traversait les champs et menait aux gras pâturages. Esmond, ou Joe Grope, ainsi qu'on l'appelait désormais, adorait mener les vaches à l'étable, comme il adorait faire tout ce qu'on lui ordonnait.

Il ignorait où il était, mais s'en fichait éperdument. Pour la première fois de sa vie, il n'était plus dorloté par sa mère ni ouvertement haï par son père. Ayant enfin échappé à cette double malédiction et sachant que plus personne ne se moquerait de son nom de famille, il se sentait devenir malin, voire roublard. Le soir même, couché dans son lit, il songea à son avenir et décida de ce qu'il allait faire.

36

DANS LA BONNE VILLE D'ESSEXFORD, le commissaire principal était au désespoir. Le nouvel expert légiste envoyé par le ministère de l'Intérieur le traitait de haut et ne lui était d'aucune utilité, si ce n'est qu'un des tests ADN avait identifié le sang d'Esmond sur le tapis du bungalow à l'endroit indiqué par Albert et établi son lien avec Mme Burnes grâce à une prise de sang faite dans le bras de sa mère.

— Certes, assura l'expert, on sait qu'ils sont mère et fils, mais il n'y a pas suffisamment de sang sur le sol pour confirmer l'hypothèse qu'il aurait été assassiné. Il y a du sang partout. Il a pu se blesser sur une bouteille. Au fait, toutes les bouteilles étaient-elles cassées quand vos gens sont entrés de force ?

— Oui, répondit le commissaire d'un ton amer, mécontent du sous-entendu qu'impliquait « entrés de force ». Vous ne croyez quand même pas que mes hommes ont fait une descente dans un débit de boissons et se sont soûlés. Ils ne sont pas bêtes à ce point.

L'expert hocha la tête mais n'en pensa pas moins. En général, il avait une piètre opinion de la police en uniforme, mais celle d'Essexford, qui avait utilisé un bulldozer pour ouvrir une porte de garage afin d'entrer dans une maison, battait tous les records.

— Souhaitez-vous que j'examine autre chose ? demanda-t-il, se dirigeant vers sa voiture en se promettant de dire au ministère de l'Intérieur de ne plus le déranger pour rien.

Le commissaire sauta sur l'occasion. Il n'avait pas encore digéré l'arrogance de ce spécialiste :

— Il y a encore un bâtiment que vous devriez voir, répondit-il en le conduisant vers l'abattoir.

Il avait fait enlever le panneau TUEZ ET MANGEZ VOTRE VIANDE du bas-côté de la route principale mais avait laissé celui qui était cloué à l'entrée de l'abattoir. Sachant que les équipes médico-légales n'échangeaient pas leurs informations, il était déterminé à montrer au médecin légiste que ce salaud de Ponson avait la fibre meurtrière et à lui expliquer pourquoi ils avaient été obligés d'utiliser un bulldozer. Il ne manqua pas son coup.

— Mon Dieu ! s'exclama l'expert en lisant le panneau, on a affaire à un sadique de la pire espèce.

— Allez donc regarder le sol de l'abattoir et éclairez ma lanterne. Les échantillons de sang ne manquent pas.

Le commissaire patienta à la porte. Voilà qui va occuper cet abominable prétentieux, songea-t-il en faisant exprès de renverser un seau d'eau sur le sang séché du sol en béton. Quand le type qu'il avait pris en grippe eut parcouru le bâtiment et il revint vers l'entrée, on aurait dit du sang frais près de la porte. Comme par hasard, le spécialiste s'étala sur la surface mouillée et s'ouvrit la tête sur le béton. Avant de retrouver la position verticale, il retomba deux fois et exprima ses sentiments en jurant comme un sapeur.

— Je vais essayer de vous trouver du sparadrap, dit le commissaire en se dépêchant de retourner au bungalow.

— Appelez donc une ambulance, j'ai peut-être une commotion cérébrale ! supplia l'homme de Londres avant de s'affaler sur l'herbe, sous le panneau ABATTOIR EN SELF-SERVICE.

La véracité de l'inscription venait de le frapper.

37

PENDANT CE TEMPS-LÀ, Vera avait quitté le commissariat et réintégré l'hôpital où, dans une chambre isolée et insonorisée, elle était examinée par un psychiatre, qui avait beaucoup de mal à évaluer son état.

Ce qui n'avait rien de surprenant, vu la tension que Vera subissait depuis plusieurs jours ainsi que la quasi-certitude que son garçon chéri avait été assassiné. Elle avait repris le vocabulaire insipide des romans à l'eau de rose dont elle s'était nourrie si longtemps. Aussi, quand le psychiatre lui demanda si son mariage était une réussite, elle répondit que son époux chéri était l'homme le plus doux de la Terre. Le psy consulta les notes des précédents interrogatoires de Vera et vit qu'elle avait accusé Horace de tentative de meurtre sur la personne d'Esmond, son fils chéri, avec un couteau à découper (« chéri » était un mot qu'il se mit à haïr). Il ne sut comment interpréter ce changement d'attitude. Pour faire bonne mesure, Vera ajouta qu'avant leur mariage, elle et son fiancé dansaient jusqu'à l'aube avant de faire l'amour sur les rochers battus par les vagues et illuminés par les rayons de la lune.

Imprudemment, il lui demanda si elle voulait dire qu'ils avaient eu des rapports sexuels.

— Espèce de dégoûtant personnage ! cria-t-elle au visage de l'infortuné psy. J'ai dit que nous avions fait l'amour, pas que nous avions fait des choses horribles. Vous me posez des questions honteuses.

Le psychiatre la pria de l'excuser mais Vera refusa soudain de l'écouter et de répondre à ses questions. Une demi-heure plus tard, il abandonna le combat et la laissa en larmes, telles les héroïnes de ses livres qui pleuraient quand les hommes qu'elles aimaient s'éloignaient, chemise au vent, galopant jusqu'à l'aube sur leurs noirs destriers.

— Je comprends que dalle à cette Vera, avoua-t-il au principal. Elle fait une fixation sur les livres de Barbara Cartland et consorts. Inutile de vous dire que je n'en ai pas lu une ligne.

— Elle ne vous mène pas en bateau ?

— Je n'en sais rien. Elle a prétendu que son mari chéri était l'homme le plus délicieux de la terre.

— Le contraire de ses précédentes allégations. Elle l'a accusé d'avoir essayé de tuer leur fils.

— Je suis au courant. J'ai lu ses différentes déclarations qui contredisent tout ce qu'elle a bien voulu me dire, c'est-à-dire pas grand-chose. À mon avis, soit c'est une fieffée menteuse, soit elle vit dans un monde de fantasmes. De toute façon, je ne peux rien pour elle.

Le commissaire soupira. Il n'avait pas encore récupéré de sa nuit blanche ni de l'incident avec le médecin légiste à l'abattoir.

— Vous croyez qu'elle est schizo ou psychotique ?

— Je n'en sais rien, mais si ça peut vous aider, je dirais qu'elle est dingue et qu'on devrait l'enfermer dans une clinique psychiatrique.

Le commissaire sourit :

— C'est tout ce que j'attendais de vous. Merci mille fois. J'ai suffisamment de problèmes sur les bras sans avoir à m'encombrer d'une folle.

L'après-midi même, Vera, bourrée de sédatifs, fut emmenée en ambulance jusqu'à une clinique du Suffolk.

38

AU COURS DES PREMIERS JOURS qu'il passa à l'hôtel, Horace resta surtout sur son balcon qui surplombait la plage à regarder les yachts de toutes tailles ancrés au-delà des bouées rouges. Il s'aperçut que lesdites bouées, disposées à quelque deux cents mètres de la plage, étaient là pour protéger les baigneurs qui barbotaient dans l'eau après avoir bronzé au soleil. On était en août et il était presque impossible de trouver de la place sur la plage bondée. Si ç'avait été en Angleterre, songea Horace, ce n'auraient été que querelles et insultes. Ici, on se chamaillait peut-être, mais comme il ne comprenait ni le catalan ni l'espagnol, cela lui échappa. De plus, il était moins intéressé par les hommes qui se pavanaient sur le sable en montrant leurs biscotos que par les femmes. Allongé hors de vue sur son balcon, abrité du soleil par un store, il pouvait détailler tout à son aise leurs corps quasiment nus grâce aux jumelles achetées dans la petite ville industrielle proche de son hôtel. À dire vrai, dans certains cas, le mot « quasiment » était superflu. Elles étaient là, couchées sur le ventre, ne se glissant dans un bikini que pour aller nager. Horace

Burnes, dont la brève pratique sexuelle s'était limitée à quelques rapprochements après son mariage avec Vera, découvrit que ce spectacle ne le laissait pas indifférent. Surprenante constatation pour cet homme qui avait banni tout désir sexuel pour tenir en échec sa maudite épouse. En outre, Horace avait été élevé dans une famille où toute allusion légèrement érotique était proscrite. Selon les préceptes que son père lui avait serinés, ses seules préoccupations devaient être de gagner de l'argent et de le gérer afin de vivre à l'abri du besoin.

— C'est ce que j'ai fait, répétait-il à qui voulait l'entendre. Le contraire de mon lascif cousin. Même son père regrettait qu'il ne soit pas mort en venant au monde.

Mais à présent qu'il était loin de l'Angleterre et libre de regarder les femmes les plus désirables, la nature si longtemps réprimée reprenait ses droits. Il était dans la fleur de l'âge et il voulait coucher avec une femme nue et lui faire l'amour passionnément. Il n'allait pas perdre son temps à chercher ce que voulait dire faire l'amour passionnément ; il suivrait simplement ce que son corps déciderait. Encore lui fallait-il trouver une femme dont il pourrait peloter les seins et embrasser les endroits douteux et probablement peu hygiéniques.

Il devait bien y avoir une nympho sur cette plage. Mais comment la dénicher ? Il se voyait mal descendre et poser la question à toutes celles qui lui plaisaient. Elles risquaient d'être mariées et il n'avait pas la moindre envie de se colleter avec un mari jaloux. Il abandonna cette idée et descendit au bar où il commanda un double whisky, le temps d'étudier le problème. Derrière lui était assise une jolie femme au regard étrange. Elle l'accueillit avec un *bon dia* et sourit quand il répondit en anglais :

— Je pensais bien que vous étiez *inglese* à la coupe de vos vêtements, dit-elle en le rejoignant. De plus, vous avez commandé un whisky. Les locaux n'en boivent pas souvent.

— Je peux vous en offrir un ?

— Avec plaisir. Le même que vous.

— C'est du Glenmorangie, il est plutôt fort.

— Je l'avais deviné. Vous avez bon goût. Ma marque préférée. Je ne supporte pas le gin, même le Sapphire Blue. Mon défunt mari l'utilisait pour ses martinis dry, mais je suis restée fidèle au scotch. Vous êtes marié ?

— Je l'ai été, mais maintenant je suis libre. Dieu merci !

— Une garce ?

— Sans doute. Elle était... enfin, ne parlons pas de ça. J'avoue seulement que vivre avec elle était un cauchemar.

— Mon vieux mari était une brute. Il me cognait dessus, c'était affreux. Au fait, je m'appelle Elsie, et vous ?

— Bert. Vous habitez l'hôtel ?

— L'été, je loue ma maison alors je dors ici.

Ils se turent tandis qu'Elsie inspectait le bar. Ils étaient seuls.

— Si vous montez dans ma chambre, je vous montrerai ce que mon salaud de mari me faisait.

Elle ouvrit sa blouse et Horace aperçut sa poitrine volumineuse.

— Quel étage ?

— Tout en haut, à l'arrière du bâtiment.

— Alors, mieux vaut aller chez moi. Je suis au premier et la vue est magnifique. Et puis j'ai une autre bouteille de ce truc.

Ils prirent l'ascenseur et Horace fut étonné qu'Elsie se niche contre lui alors qu'il n'y avait personne d'autre dans la cabine. En entrant dans sa chambre, il fut encore plus surpris quand elle poussa le verrou. L'instant d'après, elle retira sa blouse et s'activa à enlever son soutien-gorge. Il la regarda, bouche bée, et tendit le bras vers la bouteille de Glenmorangie. Elle arrêta son geste :

— On en boira après !

Il s'assit au bord du lit. Le whisky faisait son effet.

— Comment ça, après ? Après quoi ?

— Après ce que nous mourons d'envie tous les deux de faire. Tu ne crois quand même pas que j'ignore ce que tu ressens en regardant à travers tes jumelles ces filles à moitié nues qui te font saliver. Eh oui, on peut être deux à se procurer des jumelles ! Je t'ai suivi et je t'ai épié pendant que tu les achetais. Quand tu es sorti de la boutique, je suis entrée et je m'en suis procuré une paire encore plus puissante.

Elle éclata de rire en voyant sa mine déconfite.

— Mais où étais-tu ? Je ne t'ai pas remarquée.

— Forcément. Regarde sur la plage. Tu vois le parasol rouge ? J'y ai percé un trou et je te surveille tous les jours, me protégeant les jambes avec une serviette.

Horace n'en crut ni ses yeux ni ses oreilles. Elsie était étendue sur le lit, n'ayant gardé que son slip.

— Pourquoi moi ?

— Parce que tu es tellement naïf, mon cher, dit-elle en souriant. Parce que tu as cette naïveté anglaise si typique et que tu es timide. Je suis certaine d'une chose : tu ne me feras pas de mal. Le sadisme, j'ai déjà donné. Bon, alors déshabille-toi et faisons l'amour.

Horace alla se doucher rapidement dans la salle de bains et en sortit nu et rose. Elsie l'enlaça et, lui massant doucement les bourses, lui procura le plus formidable orgasme qu'il ait eu depuis plusieurs années. Il s'écarta et songea qu'il venait de tomber amoureux. Quand ils descendirent pour déguster un délicieux déjeuner, Horace était au comble du bonheur. Il avait rencontré l'amour passionné et venait de découvrir que la chambre d'Elsie n'était pas loin.

39

À GROPE HALL, Esmond lui aussi était heureux et tirait des plans sur la comète pour que son bonheur tout neuf dure longtemps. Comparée à sa vie actuelle, son existence précédente n'avait rien eu à lui offrir. Il pouvait à peine croire qu'il était le même homme que le mec insipide qui paressait dans les coins en imitant, faute de mieux, sa mauviette de père.

Une chose le tracassait pourtant : la perspective de devoir épouser sa tante Belinda. Il n'était pas sûr d'en avoir envie et ne comprenait pas, en plus, comment cela serait possible. Ni la raison de ces épousailles.

Belinda avait beau affirmer avoir divorcé, il était persuadé qu'elle était encore mariée. De plus, elle était bien plus vieille que lui - sans doute proche de la quarantaine - alors qu'il avait toujours imaginé épouser une fille de son âge, et non une femme ayant celui de sa mère.

Belinda avait précisé qu'ils se marieraient dans la petite chapelle près de la roseraie, plutôt jolie avec ses trois vitraux surplombant l'autel - pas mal, comme endroit, pour ce genre de cérémonie. Seule la tombe l'avait intrigué : plus longue qu'aucune autre de sa connaissance, et dont la pierre s'était affaissée de quelques centimètres à l'une de ses extrémités. C'était étrange, mais tout, à Grope Hall, était bizarre. Il n'en demeurait pas moins que tante Belinda devait toujours être la femme de ce poivrot d'oncle Albert. Autrement, sa mère en aurait parlé.

S'ils étaient toujours mari et femme, et si Belinda prenait un second mari, elle serait bigame, ce qui constituait un crime. Son père, qui se passionnait pour les mots croisés du *Times*, lui avait appris ce terme des années auparavant. Il avait pensé à « bigot », qui était trop court, et « bigoterie », qui était trop long, avant de trouver la solution : « bigamie ».

— Papa, c'est quoi bigomie ?

— Ça s'écrit avec un « a » et pas un « o », mon garçon. Si ce n'était pas puni par la loi, je serais ravi d'être bigame pour échapper... Enfin, peu importe. Trouve-toi quelque chose à faire. La vie est assez pénible avec ta mère sans que tu lambines dans mes pattes.

Quoi qu'il en soit, Esmond n'avait nulle envie de rentrer chez lui. Grope Hall lui plaisait et il aimait travailler sur les milliers d'hectares du domaine. En tant que Joe Grope, il se sentait investi d'un pouvoir. Il était certain que son nouveau nom pourrait lui procurer d'autres avantages, sans savoir vraiment lesquels. Mais il devrait s'assurer que ni Belinda ni cette vieille sorcière de Myrtle ne se mettraient en travers de son chemin.

Le principal était de ne plus jamais retourner à Essexford ou – pire encore – à Croydon, auprès de sa mère étouffante de sentimentalité et de son père fou.

Couché sur le côté près de l'enclos des porcelets, Esmond ne cessait de songer aux conséquences de la bigamie. En tant que Joe Grope, époux de Belinda, serait-il en position de la faire jeter en prison pour un tel crime ? Et puis, en y réfléchissant, pourquoi ne pas ajouter l'enlèvement ? Après tout, il n'avait jamais demandé à venir dans cette propriété désertique. À l'époque, il était dans un état d'ivresse bien trop avancé, pour ne pas dire inconscient.

Plus Esmond y pensait, plus il aimait sa position de force et son plan. Il accepterait de se marier et, une fois les anneaux échangés, il virerait Belinda. Lui était blanc comme neige alors qu'elle était coupable d'avoir volé une voiture et de l'avoir fait enterrer dans la mine de charbon. Pour avoir obligé Esmond et Vieux Samuel à exécuter ce forfait, Myrtle était complice.

Sûr de lui comme il ne l'avait jamais été, Esmond avança en silence jusqu'au mur qui entourait la cour et se glissa sans être vu sous la fenêtre de la cuisine d'où il pouvait entendre ce qui se disait à l'intérieur.

Ces derniers jours, Grope Hall avait accueilli un grand nombre d'hommes et de femmes et de lourds bagages que Vieux Samuel avait été obligé de monter dans les différentes chambres. Les nouveaux venus ne s'occupèrent guère d'Esmond. D'ailleurs, dès qu'il entrait dans une pièce, leurs conversations animées avec Belinda et Myrtle s'arrêtaient net. Tous les visages se tournaient vers lui avec des mines si furibardes que, mal à l'aise, il quittait les lieux.

De sa cachette sous le mur, Esmond réussit enfin à comprendre la signification de ces palabres. Belinda affirmait qu'elle était la plus proche dans l'ordre de succession, qu'elle hériterait de Grope Hall et deviendrait le chef du clan. Le reste de la famille, surtout les femmes, n'était nullement d'accord.

La discussion tourna au vinaigre, à tel point qu'Esmond eut du mal à reconnaître les voix parmi tous les cris. Il devina pourtant que Belinda l'emportait.

— Je ne remettrai pas les pieds ici, même si vous me payez, cria une des Grope, au comble de l'indignation. De toute façon, cet endroit est loin de tout et n'a même pas le chauffage central.

— Bien parlé, ragea une autre. L'idée d'habiter ce trou m'a tellement écœurée qu'en débarquant du train dans le Sud j'ai épousé le premier type de Potters Bar venu. Si vous croyez que je vais me terrer ici, vous êtes tombés sur la tête.

— Mais cette maison me revient, cria une autre. J'ai passé ici toute mon enfance et c'était épatant. Grove Hall n'a besoin que d'amour, d'attention et d'une mère de famille qui soit à la barre pour s'en occuper.

— Dans ce cas, répliqua Belinda d'un ton acerbe, reste encore un peu et sers-moi de demoiselle d'honneur quand j'épouserai Joe vendredi prochain.

Esmond sursauta si fort qu'il faillit se faire remarquer. Vendredi ! Seigneur ! À la fin de la semaine, il serait un homme marié !

Heureusement pour lui, personne ne l'entendit. Les membres de la famille quittèrent Grope Hall pour toujours en claquant furieusement la porte d'entrée derrière eux.

Belinda savoura son succès pendant un moment avant de partir à la recherche de Vieux Samuel pour lui demander l'adresse de la paroisse la plus proche où officiait le révérend Grope. En repensant à ce qu'elle avait dit sous le coup de la colère, elle ne voyait aucune raison de ne pas se marier aussi vite que possible.

— Le révérend Grope ? répéta Vieux Samuel, l'air perplexe. Ça doit être Theodore, mais j'ignore s'il a encore une paroisse. Il avait une église dans un village du côté de Corebate, mais il a pris de la bouteille et il n'y est peut-être plus. Demandez à la poste, ils seront en mesure de vous renseigner.

De la musique aux oreilles de Belinda. Plus le révérend serait vieux, plus il serait facile à manipuler. Elle le persuaderait que les bans avaient déjà été publiés et que la différence d'âge entre la promise et le promis n'avait rien d'inhabituel.

40

À LA CLINIQUE PSYCHIATRIQUE, Vera Burnes était enfermée dans une chambre isolée pour éviter aux autres malades d'entendre ses cris hystériques et permettre aux psychiatres de l'examiner en toute tranquillité. Ils furent vite déçus. Ils n'eurent besoin ni d'intimité, ni de discrétion, ni d'approfondir son dossier. Si quatre psys se relayèrent pour évaluer son état, ce fut tous ensemble qu'ils livrèrent leur diagnostic au commissaire principal.

— Cette femme est totalement délirante, annoncèrent-ils en chœur.

— C'est bien ce que je pensais. Pouvez-vous m'expliquer la cause de son mal ? Je veux dire, qu'est-ce qui a déclenché tout ça ? C'est une femme mûre qui s'occupait de sa maison tout en élevant son fils. Soudain, elle pète les plombs d'une façon incroyable. Elle se drogue ou quoi ?

— Nous savons seulement qu'elle souffre d'horribles hallucinations et qu'elle vit en état de terreur permanente. Elle croit dur comme fer que son mari est un meurtrier et a assassiné son fils.

— Nous voudrions interroger M. Burnes, mais on ne retrouve pas sa trace, expliqua le commissaire. À mon avis, s'il y a eu meurtre, c'est lui qui a été assassiné. Car en fait, avant sa disparition, c'était un directeur de banque d'une honnêteté au-dessus de tout soupçon.

Finalement, à l'unanimité, les psys préconisèrent l'internement de Mme Burnes dans un hôpital psychiatrique pour le restant de ses jours.

— Pendant que vous y êtes, demanda le principal, pourriez-vous examiner son frère, Albert Ponson ? J'ai l'impression qu'il est également dingo. C'est un escroc de longue date qui souffre du délire de la persécution. Quand vous l'aurez vu, jetez donc un coup d'œil à son bungalow et vous me comprendrez.

Après avoir visité les restes de la forteresse et l'abattoir, les psys tombèrent d'accord avec le principal. L'avenir d'Albert ressemblerait à celui de sa sœur, mais évidemment dans un autre asile.

41

DANS SA CHAMBRE DE L'HÔTEL CATALAN, Horace Burnes était le plus heureux des hommes. En quelques heures, il avait fait l'amour plus souvent qu'au cours de toutes ses années de mariage et, quoique épuisé au point de ne plus pouvoir jouir, il était encore en érection et avait le plaisir de peloter les fesses de son amante et d'embrasser ses seins autant qu'il le voulait.

Il se résolut enfin à s'écarter d'Elsie et à descendre avec elle dans la salle à manger. Le repas fut magnifique car, après ses prouesses sexuelles, Horace s'aperçut qu'il avait un appétit d'enfer. Il dévora une pleine assiette de jambon espagnol suivie d'une énorme côte de porc et, pour terminer, deux boules de glace et trois cafés. Agréablement repu, le couple remonta dans la chambre d'Horace. Il venait de se déshabiller et se préparait à se coucher en songeant qu'il était au septième ciel lorsqu'il s'écroula en émettant un halètement sinistre. Elsie se leva d'un bond et s'agenouilla auprès de lui pour découvrir que son pouls ne battait plus. Horace Burnes était mort.

Dix minutes plus tard, une Elsie rhabillée de pied en cap s'apprêtait à regagner sa chambre après avoir vérifié qu'il n'y avait personne dans le couloir, quand elle se rendit compte que les draps froissés ne laisseraient aucun doute sur la cause de l'arrêt cardiaque. À voir l'état du lit, il était évident que deux personnes s'étaient adonnées avec fièvre aux plaisirs de l'amour. Comme on les avait certainement vus ensemble dans la salle à manger, Elsie se dit qu'elle avait toutes les chances d'être compromise.

Elle referma la porte à clé en utilisant un mouchoir et refit le lit avant de s'occuper d'Horace. Si elle pouvait le coucher sur le lit, de préférence tout habillé, elle serait dans une bien meilleure position pour se défendre. D'ailleurs, vu l'énorme repas qu'il avait ingurgité, sa mort pourrait être attribuée à une indigestion.

Mais Elsie ne réussit pas à lui enfiler son pantalon ni sa chemise. Il était mille fois trop lourd. Exténuée, elle se laissa tomber dans un fauteuil pour récupérer son souffle et se mit à réfléchir aux conséquences désastreuses de la mort d'Horace.

Tout à coup, elle repéra l'attaché-case que celui-ci avait acheté à Barcelone et caché sous une pile de linge dans la penderie. Elle en oublia son chagrin. Traversant la chambre, elle se saisit de la mallette et s'aperçut qu'elle n'était pas fermée à clé. Laissant libre cours à sa curiosité, elle l'ouvrit et inspecta son contenu.

L'attaché-case ne contenait qu'une grande enveloppe en kraft qui avait l'air de renfermer des carnets. Elsie défit les agrafes métalliques et apparurent non pas des carnets mais plusieurs passeports et un permis de conduire.

Elle commença par examiner le permis puis passa aux passeports en étudiant les noms et les photos. En un clin d'œil, bien qu'il n'ait pas de barbe sur la photo, elle découvrit l'identité de son amant mort : il s'appelait Horace Burnes. Le barbu était un Autrichien du nom de Hans Bosmann dont le passeport expirait dans six mois, ce qui n'aurait pas été d'une grande utilité pour Horace.

À ce propos, pourquoi lui dire qu'il s'appelait Bert et pourquoi possédait-il tous ces faux passeports ? En personne sensée, Elsie se refusait à lire la presse britannique imprimée en Espagne, pas même le *Times* ou le *Telegraph* car la politique ne l'intéressait nullement. Elle n'achetait que *La Vanguardia* et *El Pais*, qui s'occupaient surtout de ce qui se passait en Espagne et des nouvelles locales. Pourtant le nom de Burnes lui rappela quelque chose et, en se creusant la tête, elle se souvint que des estivants anglais avaient parlé d'un « Burnes Mystery ». Le permis de conduire qu'elle venait de trouver avait-il un lien avec ce mystère ?

Elsie songea d'abord à laisser le permis près du corps d'Horace puis changea d'avis. Après tout, Horace – dit Bert – avait été le premier homme à la combler depuis bien des années. Elle déverrouilla la porte et fonça jusqu'à sa chambre en serrant le permis contre elle. Elle laissa les passeports dans la chambre.

De son vivant, Horace Burnes avait désiré garder l'anonymat. Mort, il en irait de même.

42

BELINDA SUIVIT LE CONSEIL DE VIEUX SAMUEL et se rendit à la paroisse proche de Corebate. Elle ne trouva pas le révérend Theodore Grope, qui, d'après la rumeur, avait déménagé ou rejoint un monde meilleur, mais elle rencontra son remplaçant, qui la crut quand elle lui assura que tout était en ordre pour les prochaines noces.

Belinda fut toutefois obligée de participer très généreusement et ostensiblement à la restauration de l'église, en fort mauvais état. Elle le fit avec plaisir. En l'absence de Theodore, elle pensait avoir du mal à déplacer un pasteur jusqu'à Grope Hall, mais le révérend Horston, étant nouveau venu dans la région, ne fit aucune difficulté.

Belinda dénicha également un élégant costume qui avait appartenu à un jeune Grope, parti à la guerre. Il avait été heureux de rejoindre l'armée afin d'échapper à la monotonie de la vie à Grope Hall, mais on disait que le pauvre garçon avait été soufflé par une bombe à El-Alamein, ce qui n'était pas l'échappatoire dont il avait rêvé. Belinda dut également acheter une paire de chaussures et une alliance pour Esmond, autres dépenses qu'elle fit de bon cœur.

Ces préparatifs terminés, Belinda se préoccupa d'apprendre à son fiancé les rituels du mariage. Elle fut étonnée de voir comme ce fut facile. Esmond avait l'air d'être au courant et se montra même ravi de l'épouser.

« Ce qui prouve à quel point je dois lui paraître jeune et séduisante. En plus, quel charmant garçon ! se dit-elle en se trompant lourdement. S'appeler Joe Grope ne le gêne même pas ! » Elle avait commencé à utiliser le nom de jeune fille d'une lointaine cousine, mais bientôt elle serait Mme Grope, à la tête de Grope Hall et du domaine.

Le lendemain, Esmond se leva particulièrement tôt pour aller discuter avec Vieux Samuel, qu'il aimait bien et en qui il avait confiance. Il le trouva devant sa petite maison, de l'autre côté du mur d'enceinte, en haut d'une colline et hors de vue du Hall.

— Je suis venu te poser une question, dit Esmond en s'asseyant dans l'herbe.

— Vas-y. Pose !

— Pourquoi est-ce qu'on t'appelle Vieux ? Tu n'es pas vieux.

Samuel hocha la tête en allumant une pipe ancienne :

— Tu as le sens de l'observation, mon garçon. Ça ne fait pas de doute, dit-il en souriant, sans insister sur le fait qu'Esmond lui avait posé la même question le jour de son arrivée et presque tous ceux qui avaient suivi.

C'était à se demander si ce pauvre jeune homme avait toute sa tête – ce qui expliquerait qu'il n'ait pas encore fui Grope Hall. Cela dit, lui aussi commençait à bien aimer Esmond et à avoir confiance en lui. Il lui expliqua donc, comme il l'avait fait avec Belinda, que son vrai nom était Jeremy et qu'il n'avait que trente-cinq ans.

— Tu es sympa, jeune Joe, dit Samuel pour conclure. Et on n'a pas eu beaucoup de types comme toi ces dernières années. La vieille Myrtle peut mourir en paix, elle sait que le domaine est entre les mains de Belinda. Au tour de celle-ci de se soucier de sa descendance féminine.

— C'est la raison de mon mariage ?

— Sans doute. Remarque, ta future épouse est plutôt jolie, ce qui est rare chez les dames Grope. Malgré tout, fais attention où tu mets les pieds. On ne sait jamais ce que manigancent les Grope. Une fois que tu auras accompli ton devoir conjugal, elle n'aura peut-être plus besoin de toi.

— Ne t'en fais pas, répliqua Esmond en souriant. J'ai mes plans, et si je réussis, tu réussiras avec moi. On va faire équipe tous les deux, Vieux Samuel. Et si ça ne te dérange pas, je voudrais dès maintenant t'appeler Jeune Jeremy.

Samuel lui sourit et lui tendit la main :

— Avec plaisir, mais pas en présence de la patronne. Joe, tu es un vrai ami et je ferai de mon mieux pour veiller sur toi. Crois-moi, je ne te laisserai pas tomber.

Esmond escalada le mur d'enceinte le plus loin possible de la petite maison de Samuel et redescendit hors de vue du Hall, afin de réfléchir à cette amitié naissante, la première véritable de sa vie, même s'il ne pouvait appeler Jeune Jeremy par son vrai nom en public. Tout ça allait changer quand il régnerait sur Grope Hall, à la fois en propriétaire et en patron.

En entendant Belinda l'appeler au loin, il courut à la maison, évita la cuisine et grimpa l'escalier de pierre jusqu'à sa chambre, où il fit semblant de s'habiller quand Belinda entra.

— As-tu bien dormi ?

— Merveilleusement bien. Pour tout te dire, j'ai rêvé de toi. On vivait ensemble après notre mariage.

Belinda fut sous le charme. Il était vraiment adorable.

— Plus que deux jours, dit-elle en l'embrassant et en descendant à la cuisine préparer le petit déjeuner d'Esmond.

Dès qu'elle fut partie, il se prit à sourire. Elle allait avoir une sacrée surprise. Les deux prochains jours seraient longs à tirer.

Après son petit déjeuner, il sortit et longea la voie de chemin de fer jusqu'à une courbe qui le dissimulait du Hall. Il s'assit au soleil et ressassa ce qu'il dirait à Belinda après leur mariage. Combien de temps devrait-il patienter avant de mettre sa menace à exécution ? Il décida d'attendre une semaine pour laisser à son épouse l'impression qu'elle dirigeait le domaine et ensuite il frapperait un grand coup. Si elle ne lui accordait pas le contrôle total du domaine, il la ferait poursuivre pour bigamie. Et pour enlèvement. Et pour tentative d'empoisonnement à l'alcool.

Elle plierait, il en était certain. Sinon ? Elle risquait de se fâcher très fort et d'être dangereuse. Il fallait qu'il en tienne compte. Alors, il disparaîtrait et lui ficherait une peur bleue en laissant une note indiquant qu'il allait mettre la police au courant. Oui, c'était la bonne solution si ses menaces ne faisaient pas leur effet. Pourtant, il avait du mal à croire qu'elle puisse devenir dangereuse. Elle l'avait sauvé de ce porc d'oncle Albert, de son meurtrier de père et de son envahissante mère, ce pour quoi il lui était reconnaissant.

Allongé au soleil, il se demanda ce que ses parents étaient devenus, quoique ce ne fût pas un souci réel. Il s'était détourné du passé pour se concentrer sur l'avenir – son avenir en tant que premier Grope mâle à devenir chef de famille et à obtenir le contrôle exclusif de la propriété.

Quelle formidable perspective et quel défi ! Mais il lui fallait commencer par le mariage. Ensuite, il forcerait Belinda à faire ce qu'il voudrait.

Deux heures plus tard, Esmond escalada le talus de la voie ferrée et grimpa le flanc de la colline jusqu'à l'épaisse forêt de pins qui la couronnait. Ne s'étant jamais aventuré jusque-là, il se demanda quand les arbres avaient été plantés. Il s'avança encore un peu et déboucha dans une grande clairière entourée d'un mur en pierre. Il fut surpris de se trouver devant un cimetière. Il sauta par-dessus le mur et inspecta les noms gravés sur les tombes. Presque uniquement les femmes qui avaient dirigé Grope Hall depuis des siècles. Si ses plans se réalisaient, songea-t-il, il serait enterré là quand viendrait son tour. Cette idée ne l'attristait pas. Au contraire, elle l'enchantait. Le cimetière était plein de fleurs sauvages et d'arbustes fleuris, mais il était évident que les morts n'avaient pas reçu de visite depuis longtemps. Pourquoi la personne dans la longue tombe de la chapelle n'avait-elle pas été enterrée ici, avec tous les autres ? C'était un coin beaucoup plus joli, avec une vue sur tous les environs, sans personne pour vous déranger.

Esmond consulta sa montre : l'heure du déjeuner approchait. Il franchit le mur, se dépêcha de traverser la forêt et, vingt minutes plus tard, il atteignit la cuisine. Une surprise l'attendait : au centre de la grande table trônait un magnifique gâteau de mariage. Belinda lui sourit :

— Je veux faire les choses correctement. Je l'ai commandé hier et je suis allée le chercher à Wexham aujourd'hui, pendant que tu étais sorti. Tu sais, demain on sera vendredi.

— Mon Dieu, où ai-je la tête ? Je croyais que tu m'avais dit qu'on était mercredi. En tout cas, c'est merveilleux. Demain nous serons M. et Mme Grope.

— Bien sûr, mon chéri, fit-elle en l'embrassant avec une passion qu'il n'avait jamais connue. Et maintenant, déjeune. Nous allons avoir une lune de miel formidable.

— Vraiment ? Où irons-nous ?

— Nulle part, mon amour, nous resterons ici même. Les Grope ne quittent jamais la propriété quand ils sont mariés. Une tradition que nous respecterons.

— Évidemment ! s'exclama Esmond, qui avait bien l'intention de faire le contraire.

Après le déjeuner, il monta dans sa chambre écrire la note qui mettrait la police au courant si Belinda lui refusait le contrôle de Grope Hall. Il la glissa dans une enveloppe, la scella avec de la colle extraforte et l'emporta quand il sortit à la recherche de Vieux Samuel. Il voulait demander à Jeune Jeremy d'être son garçon d'honneur.

Après bien des tours et des détours, il le dénicha dans la chapelle en train de soulever une des extrémités de la pierre tombale en bronze avec un cric de voiture. Il l'avait déjà hissée d'une cinquantaine de centimètres et s'affairait à bloquer l'ouverture avec des pierres prises sur l'ancienne voie de chemin de fer.

— Regarde bien, dit-il. J'ai toujours su que cette tombe était bizarre.

Esmond se pencha et aperçut les deux pieds d'un squelette et le manche d'une bêche.

— « Bizarre » est un mot faible. On ne l'a même pas mis dans un cercueil. Et pourquoi n'est-il pas dans le cimetière avec les autres ? Tu crois qu'il était différent ?

— Possible, mais ce qui m'intrigue, c'est cette lourde plaque de bronze.

— Pour l'empêcher de sortir, non ?

— Ou c'est lui qui l'a commandée pour être à l'abri des dames Grope, suggéra Samuel d'un air narquois.

Esmond n'était pas sûr de comprendre la plaisanterie, mais suivit sa petite idée :

— Jeune Jeremy, je suis venu te demander d'être mon garçon d'honneur.

— Avec plaisir, mais je préfère être à ma place qu'à la tienne. Jamais je n'épouserais une Grope, aussi jolie soit-elle. Et n'oublie pas de m'appeler Vieux Samuel en présence des deux dames, sinon ça va chauffer pour ton matricule.

— Ne t'en fais pas pour moi. Comme tu le sais, j'ai tout prévu.

— Oui, et ce type aussi devait avoir tout prévu, rétorqua Vieux Samuel en pointant son doigt vers la tombe.

Il abaissa le cric et la plaque de bronze reprit sa place d'origine.

— Bon, il faut que je m'active, tout doit être impec ici pour le mariage, ou bien c'est ma tombe que je creuserai.

43

LE LENDEMAIN MATIN avant le petit déjeuner, un coursier apporta une lettre du révérend Horston annonçant qu'il avait six mariages à célébrer dans la journée et ne pourrait donc pas unir M. Grope et Mlle Parry avant neuf heures du soir. Il s'excusait avec insistance pour ce retard et la gêne qu'il leur causait.

— Quelle barbe ! fit Esmond en descendant de sa chambre après avoir endossé son nouveau costume et enfilé ses chaussures flambant neuves.

Mais sa fiancée et sa tante ne furent pas d'accord avec lui :

— Après six mariages, il sera crevé et ne se souviendra pas du nôtre bien clairement. Cela ne peut tourner qu'à notre avantage.

— Je ne vois pas pourquoi, fit Esmond, songeur.

— Il sera si pressé qu'il ne nous demandera pas quelle est notre religion, si nous sommes presbytériens ou athées. Enfin, tu vois ce que je veux dire. Au fait, sais-tu si tu as seulement été baptisé ?

— Non ! Mais de toute façon, comment je pourrais m'en souvenir ? Et toi, tu te rappelles ce que tu as fait quand tu étais toute petite ? Si oui, quelle mémoire ! Bon, je vais me promener.

— Tu n'arrêtes pas de te balader, j'aimerais bien savoir pourquoi.

— La propriété est pleine de choses intéressantes. J'adore la campagne, la faune et la flore. J'allais dans les bois de Croham Hurst avec mon père, avant qu'il commence à boire et à vouloir me tuer. Il y avait une allée de gravier très pentue appelée Breakneck Hill que j'adorais dévaler, et mon père avec moi.

Esmond marqua une pause, perdu dans ses souvenirs de temps très anciens, avant d'ajouter :

— En tout cas, j'ai besoin d'exercice. Je mourrais d'ennui si je restais enfermé toute la journée.

Il sortit, soulagé de voir que Belinda ne l'accompagnait pas. Il traversa les prés en direction du mur et de la forêt de pin, puis, une fois hors de vue, fonça jusqu'à la petite maison de Jeremy.

Son ami et désormais complice (comme il l'appelait dans sa tête) était assis sur son perron à boire une tasse de thé. Il était d'une rare élégance en costume de tweed.

— Je dois t'annoncer que le mariage n'aura pas lieu avant neuf heures ce soir. Le pasteur a six autres unions à célébrer. Désolé.

— Ne t'en fais pas. J'ai fini de nettoyer la chapelle et j'ai même astiqué la pierre tombale. On y a gravé une inscription très étrange. Tu ne devineras jamais !

— Le nom du squelette ?

— Pas du tout, fit Jeremy en hochant la tête. Ce n'est pas un nom. Tu as une autre idée ?

— Non ! Dis-moi.

— Tu veux vraiment savoir ?

— Oh, arrête ton cirque !

— Bon. Voilà ce qui est écrit : « Maudit celui qui me sortira de ma tombe. Celui qui ne me laissera pas reposer en paix ne mourra pas en paix. L'enfer attend l'étranger coupable. Quittez ma précieuse terre. » Des menaces plutôt macabres, non ?

— Vraiment étrange. Pourquoi on n'a rien vu de tout ça hier quand on a soulevé la pierre avec le cric ?

— Elle n'avait pas été nettoyée depuis je ne sais combien de siècles. Il m'a fallu passer plusieurs couches de produit pour métaux avant de la découvrir.

— Tout à fait bizarre, reprit Esmond en cessant d'y penser.

Ce soir-là, Esmond descendit dans le grand salon, paré de son beau costume et de ses chaussures neuves. Belinda lui présenta sa demoiselle d'honneur, une très vieille femme qui avait dû servir les Grope comme intendante ou nounou. Myrtle avait fait savoir qu'elle était trop faible pour assister à la cérémonie, et aucun autre membre de la famille n'avait été invité.

Ils bavardèrent en attendant le révérend Horston qui arriva, comme l'avait prévu Belinda, fatigué mais à l'heure. Il parut soulagé de voir la maigre assistance :

— Eh bien, nous allons commencer la cérémonie.

Ils se levèrent et, le futur marié en tête, traversèrent la cour pour se rendre à la petite chapelle où Vieux Samuel avait disposé un nombre invraisemblable de chandelles. Le soleil se couchait, mais les vitraux étaient si colorés qu'ils impressionnèrent le pasteur. Esmond présenta Vieux Samuel comme son garçon d'honneur, et le révérend Horston célébra le mariage à toute vitesse et sans poser de questions indiscrètes. Belinda avait vu juste : il avait hâte de regagner son presbytère et son lit. Et comme il ne s'attendait pas à la grosse somme dont elle le gratifia, il s'en alla plus que satisfait.

Après son départ, Vieux Samuel ouvrit une bouteille d'un champagne millésimé et porta un toast au jeune couple. Une heure plus tard M. et Mme Grope se rendirent dans une grande chambre au bout de la maison où ils pourraient faire l'amour en toute discrétion. Finalement, exténués, ils s'endormirent.

Une semaine s'écoula avant qu'Esmond ait le courage de mettre son plan à exécution, malgré l'attitude conciliante de Belinda. Il répétait son discours devant un auditoire de porcelets, seuls témoins de son extrême nervosité, quand Jeremy vint le trouver pour lui demander de l'accompagner à sa petite maison :

— Je ne t'ai pas encore fait de cadeau de mariage, dit-il quand ils furent là-haut.

— Mais rien ne t'y oblige.

— Si, si, Joe. Depuis que je suis à Grope Hall, tu es le premier à t'être comporté comme un véritable ami et à m'appeler Jeune Jeremy au lieu de Vieux Samuel.

Une certaine tristesse envahit son visage mais il retrouva très vite son sourire.

— Tu vois ce sac couvert de goudron dans le coin ? C'est mon cadeau. Prends-le et ouvre-le.

Esmond hésita.

— Je suis sérieux, tu n'as rien besoin de me donner. J'ai tout ce que je désire. Plus exactement, j'aurai tout si mon plan marche.

— Joe, j'insiste ! Tu es mon meilleur ami. On a topé là-dessus, rappelle-toi !

— Je m'en souviens et je serai toujours ton ami.

— Bon, alors regarde ton cadeau.

— D'accord, puisque tu insistes.

Esmond traversa la pièce et, non sans difficulté, réussit à dénouer le fil de cuivre qui fermait le sac. Mais celui-ci lui échappa et quelques pièces tombèrent sur le sol. Esmond les regarda, éberlué. Il en ramassa une et l'examina. C'était un souverain d'or. Il songea au poids du sac et fut certain de ne pas se tromper.

— Il doit y en avoir pour une fortune ! s'exclama-t-il. Où diable l'as-tu trouvé ?

— Oui, pour des millions. Quant à sa cachette, tu ne devines pas ?

Esmond réfléchit puis donna sa langue au chat :

— Ne me dis pas que c'est sous la plaque que tu as nettoyée ? fit-il s'asseyant sur une chaise.

— Dans le mille !

Esmond le dévisagea d'un air ahuri :

— Mais elle pesait des tonnes, tu n'as pas pu la soulever tout seul ?

— J'ai bricolé une sorte de grue avec le tracteur, passé une lourde chaîne à une extrémité de la plaque et je l'ai hissée pendant que tu t'envoyais en l'air avec Mme Grope, après le mariage.

— Et personne ne t'a entendu ?

— Avec le boucan que vous faisiez tous les deux ? Tu plaisantes ! Et puis, la chapelle est assez éloignée de la maison. Après, ç'a été un jeu d'enfant. J'ai poussé notre ami le squelette sur le côté et j'ai sondé la tombe avec une tige en fer jusqu'à ce que je sente quelque chose. Puis j'ai creusé et je suis arrivé à remonter ce sac. Ça m'a pris toute la nuit, et Dieu sait que j'étais crevé. J'ai dormi toute la journée et une grande partie de la nuit suivante.

— Ça ne m'étonne pas. Comment as-tu réussi à monter le sac jusqu'ici ? Il pèse une tonne.

— Toujours grâce au tracteur. Et à la brouette que j'ai attachée derrière.

Esmond le regarda avec autant d'étonnement que d'admiration.

Jeremy brisa le silence :

— Te voici riche. Tu peux faire ce que tu veux, t'acheter ce qui te plaît, aller où bon te semble. Tu peux...

— Couillonnade ! s'exclama Esmond. Je sais quoi faire - ou plutôt ce que nous allons faire. Moitié-moitié. C'est toi qui as trouvé le trésor, alors que moi, même en mille ans, j'aurais été incapable de le découvrir. Comment tu as deviné où il était planqué ? Voilà qui m'épate.

Jeremy se mit à rire :

— Songe à la plaque de bronze et à l'inscription gravée dessus. Ça m'a mis la puce à l'oreille. Sans m'imaginer que j'allais tomber sur une fortune en souverains, je me suis dit qu'il n'y avait pas seulement un cadavre avec une bêche.

— Une fortune que nous allons partager au nom de notre amitié. À présent, je vais regagner le Hall car j'ai quelque chose à dire à ma nouvelle épouse.

Belinda était dans le jardin et disposait un grand bouquet de roses dans un vase.

— La vie n'est-elle pas merveilleuse, dit-elle à Esmond. J'adorais venir ici l'été quand j'étais gamine et c'est encore mieux maintenant que j'ai échappé à l'horrible Albert et à son bungalow atroce. Tu ne peux pas imaginer comme je détestais cet endroit.

— Je l'imagine très bien, répondit Esmond qui, en y songeant, se rendit compte à quel point la vie avec son oncle devait être un cauchemar.

Du coup, imaginer Belinda dans les bras d'un autre homme lui fit éprouver un pincement au cœur. Il avait de quoi s'inquiéter. Comment en était-il arrivé là ?

— Tu ne retourneras jamais là-bas, commença-t-il d'un air sévère. Et désormais tu vas m'obéir. J'ai réfléchi : j'aime cette vie tranquille, proche de la nature, je vais rester ici et devenir fermier, mais je ne resterai pas si tu me bourres de somnifères et me donnes des ordres. Je veux une femme soumise qui s'occupe de moi, sinon ça va barder. De plus, Vieux Samuel ne s'appellera plus ainsi. Ce n'est même pas son nom. Il s'appellera Jeremy, Jeune Jeremy pour le moment et quand il vieillira, Vieux Jeremy. Une chose encore : Vieux Samuel – je veux dire Jeune Jeremy – ne sera plus notre employé, car lui et moi allons nous associer. Il a maintenant de l'argent et nous allons faire de l'élevage de taureaux en plus de l'exploitation de la ferme. Ce ne sera pas tes affaires, sauf si tu as envie de nourrir les petits cochons de temps en temps... Et, et...

— Eh bien, t'es le patron, mon amour. Tu décides.

Esmond regarda Belinda, l'air sidéré.

— Mais l'autre jour encore, tu disais qu'il fallait maintenir les traditions, et voici que…

— Quelle idée de respecter des traditions purement barbares ? Nous sommes égaux. C'est simple comme bonjour. Si on a une fille, elle pourra suivre les anciennes coutumes si ça lui chante mais, pour ma part, je souhaite avoir un fils.

Sur ce, elle emporta le bouquet dans la maison.

Collection « Littérature étrangère »

ADAMS Poppy
Le Temps des métamorphoses

ADDERSON Caroline
La Femme assise

AGUÉEV M.
Roman avec cocaïne

ALI Monica
Sept mers et treize rivières
Café Paraíso

ALLISON Dorothy
Retour à Cayro

ANDERSON Scott
Triage
Moonlight Hotel

ARPINO Giovanni
Une âme perdue

AUSLANDER Shalom
La Lamentation du prépuce
Attention Dieu méchant

BAXTER Charles
Festin d'amour

BENIOFF David
24 heures avant la nuit

BLOOM Amy
Ailleurs, plus loin

BROOKNER Anita
Hôtel du Lac
États seconds
La Vie, quelque part
Une chute très lente
Une trop longue attente
Fêlures
Le Dernier Voyage

BROOKS Geraldine
Le Livre d'Hanna

CABALLERO Antonio
Un mal sans remède

CAÑÓN James
Dans la ville des veuves intrépides

CONROY Pat
Le Prince des marées
Le Grand Santini

COURTENAY Bryce
La Puissance de l'Ange

CUNNINGHAM Michael
Les Heures
De chair et de sang
La Maison du bout du monde
Le Livre des jours

DORRESTEIN Renate
Vices cachés
Un cœur de pierre
Sans merci
Le Champ de fraises
Tant qu'il y a de la vie

DUNANT Sarah
La Courtisane de Venise

DUNMORE Helen
Un été vénéneux
Ils iraient jusqu'à la mer
Malgré la douleur
La Faim
Les Petits Avions de Mandelstam
La Maison des orphelins

EDELMAN Gwen
Dernier refuge avant la nuit

ELTON Ben
Nuit grave

FERRARIS Zoë
La Disparue du désert

FLANAGAN Richard
La Fureur et l'Ennui

FREY James
Mille morceaux
Mon ami Leonard

FRY Stephen
L'Hippopotame
Mensonges, mensonges
L'Île du Dr Mallo

GALE Patrick
Chronique d'un été
Une douce obscurité
Tableaux d'une exposition

GARLAND Alex
Le Coma

GEE Maggie
Ma bonne

GEMMELL Nikki
Les Noces sauvages
Love Song

GILBERT David
Les Normaux
Les Marchands de vanité

HAGEN George
La Famille Lament
Les Grandes Espérances du jeune Bedlam

HOMES A. M.
Mauvaise mère

HOSSEINI Khaled
Les Cerfs-volants de Kaboul
Mille soleils splendides

JOHNSTON Jennifer
Petite musique des adieux
Ceci n'est pas un roman
De grâce et de vérité
Un Noël en famille

JONES Kaylie
La fille d'un soldat ne pleure jamais
Dépendances

KAMINER Wladimir
Musique militaire
Voyage à Trulala

KANON Joseph
L'Ultime Trahison
L'Ami allemand
Alibi

KENNEDY Douglas
La Poursuite du bonheur
Rien ne va plus
Une relation dangereuse
L'homme qui voulait vivre sa vie
Les Désarrois de Ned Allen
Les Charmes discrets de la vie conjugale
La Femme du Ve
Quitter le monde

KLIMKO Hubert
La Maison de Róża

KNEALE Matthew
Les Passagers anglais
Douce Tamise
Cauchemar nippon
Petits crimes dans un âge d'abondance
Maman, ma sœur, Hermann et moi

KUNKEL Benjamin
Indécision

LAMB Wally
Le Chant de Dolorès

La Puissance des vaincus
Le Chagrin et la Grâce

LAWSON Mary
Le Choix des Morrison
L'Autre Côté du pont

LEONI Giulio
La Conjuration du Troisième Ciel
La Conspiration des miroirs
La Croisade des ténèbres

LISCANO Carlos
La Route d'Ithaque
Le Fourgon des fous
Souvenirs de la guerre récente
L'Écrivain et l'Autre

LOTT Tim
Frankie Blue
Lames de fond
Les Secrets amoureux d'un don Juan
L'Affaire Seymour

MADDEN Deirdre
Authenticité

MARCIANO Francesca
L'Africaine
Casa Rossa
La Fin des bonnes manières

MATTHEWS Owen
Les Enfants de Staline

MCCANN Colum
Danseur
Les Saisons de la nuit
La Rivière de l'exil
Ailleurs, en ce pays
Le Chant du coyote
Zoli
Et que le vaste monde poursuive sa course folle

MCCOURT Frank
Les Cendres d'Angela
C'est comment l'Amérique ?
Teacher Man, un jeune prof à New York

MCGARRY MORRIS Mary
Mélodie du temps ordinaire
Fiona Range
Un abri en ce monde
Une douloureuse absence

MERCURIO Jed
La Vie sexuelle d'un Américain sans reproche

MILLS Jenni
Le Murmure des pierres

MORTON Brian
Une fenêtre sur l'Hudson
Des liens trop fragiles

MURAKAMI Haruki
Au sud de la frontière, à l'ouest du soleil
Les Amants du Spoutnik
Kafka sur le rivage
Le Passage de la nuit
La Ballade de l'impossible
L'éléphant s'évapore
Saules aveugles, femme endormie
Autoportrait de l'auteur en coureur de fond

O'DELL Tawni
Le Temps de la colère
Retour à Coal Run
Le ciel n'attend pas

O'FARRELL Maggie
Quand tu es parti
La Maîtresse de mon amant
La Distance entre nous
L'Étrange Disparition d'Esme Lennox

OWENS Damien
Les Trottoirs de Dublin

PARLAND Henry
Déconstructions

PAYNE David
Le Dragon et le Tigre : confessions d'un taoïste à Wall Street
Le Monde perdu de Joey Madden
Le Phare d'un monde flottant
Wando Passo

PEARS Iain
Le Cercle de la Croix
Le Songe de Scipion
Le Portrait
La Chute de John Stone

PENNEY Stef
La Tendresse des loups

RADULESCU Domnica
Un train pour Trieste

RAVEL Edeet
Dix mille amants
Un mur de lumière

RAYMO Chet
Le Nain astronome
Valentin, une histoire d'amour

ROSEN Jonathan
La Pomme d'Ève

SANSOM C. J.
Dissolution
Les Larmes du diable
Sang royal
Un hiver à Madrid
Prophétie

SAVAGE Thomas
Le Pouvoir du chien
La Reine de l'Idaho
Rue du Pacifique

SCHWARTZ Leslie
Perdu dans les bois

SEWELL Kitty
Fleur de glace

SHARPE Tom
Fumiers et Cie
Panique à Porterhouse
Wilt 4

SHREVE Anita
Le Poids de l'eau
Un seul amour
La Femme du pilote
Nostalgie d'amour
Ultime rencontre
La Maison du bord de mer
L'Objet de son désir
Une lumière sur la neige
Un amour volé
Un mariage en décembre
Le Tumulte des vagues

SHRIVER Lionel
Il faut qu'on parle de Kevin
La Double Vie d'Irina

SMITH Tom Rob
Enfant 44

SOLER Jordi
Les Exilés de la mémoire
La Dernière Heure du dernier jour

SWARUP Vikas
Les Fabuleuses Aventures d'un Indien malchanceux qui devint milliardaire

TOLTZ Steve
Une partie du tout

ULINICH Anya
La Folle Équipée de Sashenka Goldberg

UNSWORTH Barry
Le Nègre du paradis
La Folie Nelson

VALLEJO Fernando
La Vierge des tueurs
Le Feu secret
La Rambla paralela
Carlitos qui êtes aux cieux

VREELAND Susan
Jeune fille en bleu jacinthe

WATSON Larry
Sonja à la fenêtre

WELLS Rebecca
Fleurs de Ya-Ya

WEST Dorothy
Le Mariage

ZHANG Xianliang
La mort est une habitude
La moitié de l'homme, c'est la femme

ZWEIG Stefan
Le Monde d'hier. Souvenirs d'un Européen

Cet ouvrage a été imprimé en France par

CPI
Bussière

à Saint-Amand-Montrond (Cher)
en février 2010

Composition et mise en pages : FACOMPO, LISIEUX

N° d'édition : 4610/02. — N° d'impression : 100607/1
Dépôt légal : février 2010